How to make and enjoy humor senryu

ユーモア川柳の作り方と楽しみ方

今川乱魚

Imagawa Rangyo

humor senryu IMAGARA RANGYO

新葉館出版

そもそもユーモア川柳とは何だろうと考えてみる。 9

ユーモア川柳の作り方と楽しみ方
もくじ 00

ユーモア川柳を作る上で大切なことを知ろう、学ぼう。　65

ユーモア川柳はもっと楽しく簡単に作れる。 119

ユーモア川柳の作り方と楽しみ方

I

そもそもユーモア川柳とは何だろうと考えてみる。

01 ユーモア川柳を作ろう

「笑いのある川柳の作り方」を書くことになったが、それにしても、私は「笑い」の専門家ではない。川柳を始めたきっかけは、そのおかしみに惹かれたからであり、その考えはいまもあまり変わらないが、かといって、笑いの句をもっぱら作っているわけでもない。ごく自然体で愚かな自分をさらけ出す川柳を作っているだけである。そんなことなら誰でもできるはずであり、改めて「作り方」などと仰々しく書くこともあるまいと思うのである。

原稿にして、「第一章 そもそも笑いの川柳とは」「第二章 人の笑わせ方」「第三章 笑いによって何を得るか」などという文章を読まされた人は、それだけでも肩が凝ったり、あるいは眠くなってしまうであろう。私はない知恵をいろいろ絞った挙句に、「ユーモア川柳を楽しむ」というエッセイ風の文章を書き進めることにした。はじめに柴田午朗さんの『僕の川柳』という句集をご紹介する。

午朗さんは番傘川柳本社の同人であり、詩性川柳作家として尊敬されている。本名は午郎、明治三十九年四月二十八日生まれの一〇一歳である（註：平成二十二年、一〇四歳で逝去）。平成二十年に百周年を迎える番傘よりも、同十九年に創業九十五年となるお笑いの吉本興業よりも午朗さんは先輩に当たる。島根県にお住まいである。本名の郎を、雅号で朗らかの「朗」にされたのは、どのような理由かを、お尋ねしたことはない。

さて、『僕の川柳』の午朗さんの句を読む。

餌やらぬ僕には犬もふり向かぬ　午朗
空き箱を沢山持っている老父　〃
本箱にいい本ばかり並べてる　〃
男か女くらいは分かる九十八歳　〃
死んだら何になりたいか石になりたい　〃
知っているけれど言わないお年寄り　〃
僕の夢は一度鳥になってみたい　〃
百歳になれば男も死化粧　〃
大の男がひとりさみしいとも言えず　〃
僕に出来た覚悟とは死ぬこと　〃

この句集、章の切れ目には家族との会話など、短い文章が記されている。それがなんとも言えない味わい深いおかしみを持っている。たとえば、

「桃」　午朗「やさしい味だなぁ」

句は身についた五七五で、リズミカルであるが、ときに五七五からはみ出すこともある。百歳の川柳にそのことをあげつらうことはほとんど意味がない。句の内容、人生体験が深過ぎるからである。

「ユーモア川柳」は、一般にいわれる笑いの川柳ほどゲラゲラ笑えないかも知れない。でも、そこには人肌の温かみが感じられ、「分かる分かる。私も同じだ」というほのぼのとした笑いがあるのである。そして私が好きな川柳も、私が作ろうとしている句も実はそういう句なのである。嘘っぽいことを言って、その時だけ笑って済んでしまう笑いもある。それも、悪くはないかもしれないが、私はもっと心に残る笑いが欲しいと思っている。

僕に出来る仕事はないか教えてよ　午朗
忘れていたよ大正という年号　〃
百歳が近くなっても男と女　〃
仕事は集金だった僕の人生　〃

簡単に女の方が花を切る　〃

百歳を越えた午朗さんにどんな仕事をお願いしたらよいだろうか。考えるだけでも楽しい。年号を明治、大正、昭和、平成と生きてきた。四つもあるうちの一番短い大正を忘れても百歳には許されるであろう。百歳でも男と女、これは人間にとってもっとも大事なことなのかも知れない。集金が人生という見方は鋭い。午朗さんは銀行マン、主計将校、電鉄会社専務、信用金庫理事長の職歴を持つ。花を切る女の思い切りのよさに、男はもっと驚かねばならないであろう。

今日は雨　寿命が一日延びました　午朗
下手な川柳無駄な長命これが僕の人生だ　〃
十二色色鉛筆をもてあます　〃
日々好日など誰が作った嘘っぱち　〃
百歳近く今日も男の待ちぼうけ　〃
恋人も一緒になればただの妻　〃
春が来て僕は季節に負けました　〃

平成十九年九月、午朗さんのご家族から、「午朗は、この暑い夏もさほど苦ではなかったようで、お盆には自宅で二泊過ごすことができました。口数も少なくなり、横になっていたいようでしたが、身体的には健康です。作句はできなくなりましたが、人物観察の鋭いまなざしは、相変わらずなので、心の中では、たくさん新しい川柳が生まれていることと思います」というお便りを頂いた。

02 人生の達人が詠むユーモア川柳から①

百歳を越える現役の川柳作家・柴田午朗さんの川柳を続けてご紹介する。

午朗さんの近著『僕の川柳』には、家族との会話など、短い文章が記されており、その巧まざるユーモアが楽しい。このような言葉を記録に残されたご家族もユーモアを解する方々であると思う。その一部を記す。

寺の寄付

「寄付をするのがいやになったのですか。それとも忘れたのですか」

午朗「半々だな」（即答）

つるむらさき

午朗「これはなんだ？」
「つるむらさきという菜っ葉です。栄養のあるおひたしですから食べてください」
午朗「栄養？　わしにはいらん！」

ある日の午朗　一問一答

「人生で印象に残っていることはなんですか。うれしかったことは」
午朗「野球をしていたこと」
「悲しかったことは」
午朗「家内と死に別れたこと」
「川柳を上手に作るコツを教えてください」
午朗「思い出したらすぐつくること」
「長生きをするにはどうしたらよいですか」
午朗「悪いことをせんこと」
「一日のうちで一番楽しいことはなんですか」
午朗「朝起きて朝ごはんを食べること」

同書のあとがきには「満百歳になった。よく生きてきたものだ。もう何年生きるかわからんが、四、五年は生きたいものだ。頭の中には、書きたいことがあるが、自分では書けない」とある。人は百歳の体験をめったに得られないし、その思いを書き残すことも普通はできない。午朗さんもご家族も、楽しいいい人生を送っているに違いない。

実は、午朗さんは二十一世紀に入ってから立て続けに句集を出している。平成十三年、九十五歳のときに『重い雨戸』、十四年九十六歳で『仙丹を』という句集を出された。百歳に近い年齢ということで、以下にこの二句集もご紹介する。二十世紀にも『母里』『痩せた虹』『黐の木』『空鉄砲』『伯太川』『椎の木』『九十三歳』という句集を出され、そこには詩性作家としての午朗さんの作品がたくさん納められている。

さて句集『重い雨戸』から十二句を挙げる。考えたこと、したことに嘘がない。嘘がなくて、真実があるからおかしい。これがユーモアなのである。

九十五歳選挙棄権と決めて寝る　午朗
古いわが家には冬も蠅がいる　〃
年寄りに留守番という仕事あり　〃
メガネ淋しかろ机の下かポケットか　〃

長生きとは何歳からをいうだろう　〃
何かくれる男と犬に思われる　〃
僕の古着着て案山子いつまでも　〃
百歳まで生きて川柳集を出すつもり　〃
自動車に乗るのが好きなうちの犬　〃
この歳までに忘れた傘は何本だろう　〃
僕の埋まる場所決まってる墓掃除　〃
古い家の重い雨戸と僕は仲よし　〃

次に句集『仙丹を』。仙丹は不老不死の霊薬で服用すると仙人になれるという。冒頭には「仙丹を懐にして旅つづく　午朗」の句がある。ここでの「懐」も「旅」も譬え話と考えてよい。

以下に面白い句をご紹介する。

朝みがく昼夜みがく総入歯　午朗
九十越してまだ後悔しています　〃
二つ買えば安いが二ついりません　〃
朝が来ぬはず今日は日曜日　〃

あの山を一つ越えると火葬場だ　〃
ドンピシャリ百になるまで頑張ろう　〃
いつ死んでもいいというのは口ばかり　〃
男ひとり裁縫箱がはなせない　〃
男ひとり自分に嘘をついている　〃
村長が挨拶に来るだけの百歳　〃

句集のほかに、松江の津田川柳会での講話二十六編（平成五年八月、八十六歳から七年九月まで）を納めた『柴田午朗師閑話集　かた津む里』が平成七年に刊行され、そこには川柳に対する午朗さんのお考えが随所に出てくる。

なお、午朗さんのお宅はたいへんに古い。享保十年（一七二五）に建てられたと書かれている。これは、初代柄井川柳が生まれた享保三年（一七一八）よりは後であるが、平成十九年から数えてちょうど二五〇年前、川柳により万句合興行の第一回入選句発表があった宝暦七年（一七五七）よりも古い。お宅の前庭には、午朗さんの句碑が建てられている。

ふるさとを跨いでやせた虹が立つ　午朗

碑の揮毫は亡きご夫人によるものである。

03 人生の達人が詠むユーモア川柳から②

先にご紹介した柴田午朗さんのご息女によると、長生きの秘訣は「自分を忘れること」とのこと。

次に十歳若返って、九十一歳の仲川たけし（本名幸男。註：平成二十年逝去、享年九十二）さんのユーモア川柳をご紹介する。仲川先生は松山市議会議員、愛媛県議を長く勤められたあと、昭和五十五年から十二年間参議院議員を勤められた。私が初めてお目にかかったのは、昭和六十二年に『番傘』誌のインタビュー記事にするため参議院議員会館七一四号室へ伺ったときである。そのとき仲川さんは「私は川柳人が国会議員になったので、議員になって川柳を始めたのではないのです」と言われた。

平成三年に議員不出馬を表明されたときの、ユーモラスな言葉も忘れられない。六十五歳から七十七、喜寿まで参議院議員を勤められた。

「国会議員は、死ぬか、落ちるか、（悪いことをして）手が後ろに回るかしない限り辞めないものです。でも暦は嘘をつきませんから」。

翌四年二月十二日、東京会館で仲川さんの川柳句文集『続続・国会の換気扇』の出版記念祝賀会が開かれた。現職与野党議員六十人余りが登壇する盛大なパーティーで、手許にある乾杯の写真を見ると、隣りには故・竹下登元総理、中央の仲川さんの後方には小沢一郎氏が見える。このとき仲川さんは私に「国会議員仲間から盛大に祝われるのは、退任するときなのです」と言われた。

仲川さんの政界、川柳界での業績は後に述べるとして、まずその作品をご紹介する。前田伍健を師として「真・情・美プラスユーモア」をモットーとするその作品は、誰にでも分かりやすく、共感できるものである。昭和五十三年に出された処女句集『航跡』から拾う。

水仙の香り今日来る人を待ち　たけし
小包のこの結び目は母のもの　〃
尻ぬぐいしてもやっぱり好きな友　〃
夜桜の社長のつれはタイピスト　〃

戦争中は広島で入隊、そして原爆、敗戦を迎えた。「初心時代は何でも五七五に作りまくった」と言われる。

面会に来た長男の背が伸びて　たけし
きなれぬ音へ見慣れぬキノコ雲　〃
今日突如召集解除ラッパ鳴る　〃
静まれという上官の語尾がゆれ　（終戦の日）
ここで詠まれたご長男は、後に山で遭難死される。
入学に君と来た道遺影だく　たけし
会う人の同情の瞳をそっと逃げ　〃
アルバムに今日の法事の子が笑い　〃
選挙の句が登場する。
妻や子へ言い含ませて立候補　たけし
当確のニュース仏壇灯がともり　〃
舌廻りすぎて誠意をうたぐられ　〃
骨休めなどとていよく左遷され　〃
春風さん又逢いました柳の芽　〃

手品師へかした帽子へ生玉子　〃

市議、県議会議員として、欧米、ブラジル、中国など外国にも出張。

ナポリ見た死ねますねえと笑い合い　たけし

万国に共通語あり笑い顔　〃

ほほずりの孫へ空港中拍手　〃

初孫出産。

白バイのように看護婦かけて行き　たけし

オワーオワー日本一のファンファーレ　〃

藍授褒賞受賞。

以後自戒せよと悪友さん祝辞　たけし

仲川さんの句は、日記代わりに生活を描いたものが多い。松山のご自宅の書斎兼応接間で三十年以上句会を続けられた。この句集『航跡』は三十周年の記念で出されたものである。冒頭の言葉「川柳人が国会議員になった」が嘘でないことが分かろう。なお、仲川さんは長い議員生活を通じて一度も選挙違反をしたことがない、と誇っている。

また、永遠の文学青年でもある仲川さんは、国会議員、工務店経営など多忙な毎日の中で、これまでたくさんの本を出している。参議院議員の十二年間には、句集として『国会の換気扇』(昭和五十九年、暁教育図書、序文・藤島茶六)、『続・国会の換気扇』(平成元年、暁教育図書、推薦文・三浦朱門)、『続続・国会の換気扇』(平成四年、暁教育図書、推薦文・石本美由起)がある。いずれも表紙は議事堂のイラストまたは写真で飾られている。

また、『二十世紀の検証—仲川幸男と友人たち—川柳を連れて』(平成十三年、愛媛新聞社)は仲川さんと関わりのあった二十人がその人となりを書いたものである。

04 ユーモアの大事な要素

平成十九年末に刊行した『ユーモア川柳傑作大事典』(新葉館出版)はその名にふさわしく愉快な川柳がぎっしりと詰まっている。しかもそこにあるのは上質の笑いの句である。私が監修した同書は、川柳史上初めてのユーモア作品専門の句集であると自負しており、この句集を読んでおかしさを感じない人は「一度医師に診断してもらったほうがよい」とさえ言っている。私が考えていた「ユーモア川柳の大事な要素」としては、次のものがある。

この項では各項目について追々と具体的に述べていこうと考えている。

ユーモア川柳の大事な要素

①真実（穿ち、ほんとのほんと）を突いている
②子供のような無邪気な目をもつ
③人肌の温かみがある
④物事を客観化、相対視する
⑤自分や人間の弱さ、愚かさを見つめ、それに負けない
⑥強者の論理に笑って立ち向かう
⑦表現上では次元の違うこと、遠いもの同士を比べる
⑧一過性でなく、繰り返し読んでも面白い
⑨多様で斬新な比喩を用いる
⑩品が悪くない

以上の十項目である。

ところで、前回に述べた松山の仲川たけし先生と電話でお話ししたところ、先生はすこぶるお元気であったが、話の冒頭に「近ごろ自分でも頭がだんだんちびていくのが、よう分かるのですわ」と笑っていた。これは先の「要素」でいえば③、⑤、⑨に当たる。「私は頭がいい」とか「私の言うことは常に正しい」というような話は聞いても少しも面白くないが、その逆ならばきっと共感を得られるであろう。

仲川先生は、十二年間の参院議員在職中に『国会の換気扇』正・続・続続と三冊出されている。どの句も議員のそれと分かるものばかり。

改造へもしやもしやのモーニング　たけし
怒鳴ってる方が負けてる政治劇　〃
目の色が変わる票田異変説　〃
発言へ唇乾く新議員　〃
いささかの抵抗拍手やめておく　〃
ボスのボス会えば笑顔の好々爺　〃
演説を楷書でやれとヤジが飛ぶ　〃
議員にはおしい人柄などという　〃

次は続編の句から。

政治かなし今日も玉虫色で暮れ　〃
もの言わぬうちは大物かと思い　〃
総理随行タラップの位置心得て　〃
次の次そのまた次も椅子は来ず　〃
勇退の噂本人だけ知らず　〃
首賭ける政治家首を五十百　〃

（海外出張の旅）

団長の英語も日本語も不明　〃
カルガモのようにガイドの後を追い　〃

続続編の句から。

疑似餌いま院内をゆらゆらと行く　たけし
前向きで取り組みますとオウム鳴く　〃
失言をよそおい一矢報いたり　〃
均等法かざす女に甘えられ　〃

イラクでの邦人人質解放
フセインが祈る神様どんな神

仲川先生は、湾岸戦争（平成二年八月、イラクのクウェート侵攻）の際に人質となった邦人七十二人を救出するため、同年十一月、ピース・ミッションの一員としてイラクを訪れ、フセイン大統領と会談、全員を無事救出して帰国された。その後、平成十三年の九・一一テロからアメリカのイラク侵攻、フセイン政権は崩壊し、フセイン自身も平成十八年末には処刑された。

救出の折のエピソードを仲川先生は次のように述べた。「人質の解放が決まった際に、それぞれ企業のキャップが、自分たちはイラクに残ると発言した。このことにフセインは感動したようです」

続続編には細川隆一郎氏との時事対談が巻末に収められているが、氏の質問に答えて、仲川先生は、「国会も風通しが悪うて、換気扇をつけんとあかん状態です」と書名のいわれを述べ、また「日本の国会ちゅうのは、いい意味でのユーモアがありませんな。ヤジもピシッとしたもんならいいでしょうが、この頃のもんは与党も野党も下品なものが多くてね」と、国会の品格について述べている。

05 上質なユーモア川柳に触れよう

ユーモア川柳について書くタイミングとしては、この辺で例の『ユーモア川柳傑作大事典』に触れておいたほうがいいだろうと思う。文庫判が『大事典』というにふさわしいかどうかはともかく、どこを開いても監修者の私が思わず笑ってしまうのだから、愉快な川柳句集ではある。三三五二句という句数、千人近くの投句者数を集めたユーモア句集というのは、これまで見たことがないし、恐らく『誹風柳多留』初篇が世に出た明和二年（一七六五）以来、二四〇年余りの川柳史でも初めてのユーモア川柳専門句集と言うことができよう。

私は、テレビを見ていて古典落語には笑う。だが、お笑いエンターテインメントやどたばたギャクにはほとんど笑えない。ときには「何をこんなことで時間をつぶして」と白けてしまうことさえある。「品格」ばやりに便乗するわけではないが、日本人にはもう少し気の利いた質のいい笑いが欲しいと思う。この『大事典』のレベルの笑いがもっとあってもよいのではないかと率直に思っている。

ユーモア川柳については、理屈や評論を読むよりも直接その作品に触れるほうが理解が早い。こんな鑑賞法はこれまでなされたことはないと思うし、あまり意味のあることではないが、「任意のどのページを開いても笑える句集」という見方を確かめてみるために、五ページごとにそこにある句を読んでいってみる。まず二十ページ目から。

大正の少女ぞろぞろ露天風呂　飯田　白流
黙ること夫婦喧嘩に勝てるコツ　望月　弘
お見合いにイミテーションも落ち着かず　富谷　英雄
次の世も夫婦だなんて嘘ばかり　酒井　一壺
暇そうな夫にまかす蟻退治　妹尾　安子
潔白の証ポケット探させる　上鈴木春枝
バーゲンに妻を他人の顔で待つ　柴田　爽

これらはどこの家庭にでもある本当の情景である。この「ほんとう」がユーモア川柳にとっても一番大事なのである。嘘の句を書いても読み手を笑わすだけの迫力は出てこない。俳句の場合は、テーマである自然は嘘をつかないからいい。そして俳句は動物や植物など自然のありのままの姿を詠むからいいのであろう。自然を想像で詠んでも恐らく薄っぺらな句になってしまう。もちろん詠み方の問題はあるが。

これに対して、川柳は人間をテーマとしている。そして、川柳では人間はよく嘘をつく。その嘘を見破る力が川柳には必要なのである。嘘には積極的に事実に反することを言ったりしたりする作為の嘘もあれば、嘘の話のときに黙って知らぬ振りをしている不作為の嘘もある。嘘とまで言わなくともごまかすこともある。平成十九年に大流行したもろもろの「偽」。あるいは詐欺などの犯罪を構成する嘘もあれば、正義に反したり、道徳律や宗教の信義に反するものもある。他人に対する嘘のほかに自分の良心に対する嘘もある。さらには故意の嘘もあれば善意の（ある事実を知らなかった）嘘もある。言葉自体の持つ嘘もある。とかくこの世は嘘で満ち満ちていると言ってよい。これらがみな川柳の材料になるのであるから、いくら詠んでも詠みきれないというわけである。

嘘が嫌なら本当のことを言ったり書いたりすればよいのであるが、人間は自分を恰好よく見せたいものだから、自分をさらけ出し、本当のことを言うのは、ときに照れ臭い。でもそれを乗り越えて真実を語るとき、人間同士の連帯感、温かみが感じられるのである。私はそこにユーモアの源泉があると見ている。『大事典』を五ページごとに開いて句を続ける。

終電車無けりゃ歩いて来いと妻　宮本　正克
おめでたい定年を妻伏せたがり　吉川　一男
金の要る話になると妻が出る　高橋　正兵
人生はそんなものだと子に言われ　大黒　政子
お父さんと姉ちゃんの彼馴れ馴れし　船本　庸子
親に言った事を子供に言われてる　坂部紀久子
年金が溜った頃に孫がくる　櫻田　宏
何もせず居て掃除機に吸われそう　桜井　義和
腹の子も拍手している披露宴　田村常三郎
お隣が喜びそうな喧嘩する　酒井　笑虎

日常生活では、誰にでも慣れているTPO（時・場所・場合）がある。機械の操作にはマニュアルがあり、儀礼にはプロトコール（会議で決まったこと。議定書）のようなものがある。そのとおりに従って物事が流れて行っているうちは何と言うこともないが、どうかするとその状況が変わることがある。大きくは変わらなくとも、その順番が入れ違ったり、そこに新しい事実が加わったり、これまであったことが欠けたり、あるいは価値観が変更されたりするとは、ときどき起こり得る。

そのようなときに、人間は臨機応変、弾力的にその変化に対応していくことができるのが普通であるが、そうできない人や、できない場合もなくはない。これはどちらが正しいか、間違っているか、という問題ではない。自分の側の立場や見方によって都合が悪いと、相手を「石頭」とか「融通がきかない」などと見下げる。最近の若者用語では「ＫＹ＝（場の）空気が読めない」と言うのだそうだ。

川柳では、こうした状況を自分の側からも相手の側からも詠むが、そこに生ずる微妙な食い違いにユーモアを見出すことができる。

私は「ユーモア川柳の大事な要素」として、「物事を客観化、相対視する」「表現上では次元の違うこと、遠いもの同士を比べる」ことを挙げたが、先にあげた句は、いずれもこれに該当するユーモアを持っていると言えよう。

06 ユーモア川柳作句のコツ

一ページ当たり八句～十句の川柳が収められている四百数十ページの句集、そのどこを開いても上質の笑いにあふれているという本は、これまでになかった。前回に続いて『ユーモア川柳傑作大事典』を約五ページごとに繰っていき、そこにあるユーモア作品を見ていくことにする。すべての句は、男と女、家族、お金にまつわること、病気・怪我、食べ物・飲み物、言葉、顔・体などの三十九テーマ、さらに二三四の細分類に整理されているので、利用もしやすい。

中元に見えない紐が付いてくる　佐田　好凡
招待券貰い空席うめにいく　大橋　鐘造
ビニールを被せてあると見たくなる　仁賀　俊雄
宣誓は元気良すぎて聞きとれず　古川　弘實
お年玉借りてサラ金並の利子　中村喜代子

右の句が面白さを醸し出しているのは、「見えない紐」「空席うめにいく」「ビニールを被せて」「元気良すぎて」「サラ金並の利子」などの表現である。特別に変わった情景を詠んでいるわけではなく、嘘を言っているわけでもない。大事なのは事柄の背後にある「真実の発見」である。言われてみればそのとおりなのである。招待券には「空席をうめる」役目があり、宣誓は声が大き過ぎると「聞きとれず」というのが実感なのである。子どものお年玉をちょっと借りるのも庶民の生活ではしばしばありうる。それを返すときにおまけを付けることも親子の情愛である。ただ、金利に換算すれば「サラ金並の利子」という対比がおかしいのである。ユーモア川柳の作句のコツがここにあることがお気づきのことと思う。さらに句を続ける。

へそくりが泣きの涙で家計費へ　瀬古　博
見るだけといってた人が先に買い　船本　庸子
税金まで払って吸っていやがられ　半田　武彦
ジャンボくじ回りも外れほっとする　馬渕よし子
免許証前の写真と同じ服　花井　則光

ユーモアはしばしばペーソスと対比されることがある。また、一句の中にユーモアとペーソスが併存していることもよく見られる。それは笑いと涙、両者の間の落差が大きいほど、より大きなユーモアを醸し出すからである。一句目では「へそくり」という裏金が、「家計費」として表帳簿に登場する家庭の事情が見えてくる。「泣きの涙」に見られる誇張もおかしみの要因である。次の「見るだけ」が「先に買い」へと心変わりする様も心理的には理解できる。人間誰もが持っている弱さをあぶり出すと、そこに共感が湧くのである。「税金まで払って」の句は、価値観をずらすことによって生ずるユーモアである。タバコの税金はもともと好かれるために払っているのではない。タバコの煙そのものが嫌われているのに、そこに「税金」を持ち出し、読者を錯覚に誘っているのである。

前述の三句は、状況の変化、心の変化、価値観の変化、をユーモアに結びつけているのであるが、逆に変化がない状態を笑おうとしているのが次の二句である。「ジャンボくじ」がほかの人に当たって自分に当たらなかったら惨めこの上ない。諺に「他人の不幸は鴨の味」というが、その逆である。そして句は不幸の共有に「ほっとする」おかしさなのである。最後の句、「免許証前の写真」と今の写真を比較しているのは自分自身であり、変化のないことに気づいている。言外に惨めさが漂うのは自分がそれを承知しており、またそれを諦めるのも自分自身なのである。この二つの句は、変化が起こらなかったことにユーモアを求めているのである。

ヘソクリとおんなじ場所に遺言書　渡辺　史郎
当然のように課長はママの横　藤平　頓風
カウンセラーの悩みは誰に打ち明ける　岡本　恵

立場、位置関係を詠んだ句を三句挙げておく。「ヘソクリ」と「遺言書」に決まった置き場所があるわけではないが、双方共通に考えられることは、お金に絡むこと、したがって目立つところより目立たないところがよい。かといって厳重にしまって取り出せないところでもまずい。句はどこと言わずに「おんなじ場所」と言っているところが憎い。会社の同僚とバーやクラブに行ったときに、課長と平社員がどういう順に座るかという不文律がある。口には出さないが、このようなときに課長がママの隣に座ることになっている。場所をわきまえないような社員は出世しない。若者の隠語「ＫＹ」も実は将来の出世を意識しているのである。職場でストレスをためる社員がふえてきて、その相談相手として「カウンセラー」を置く会社も少なくない。だがカウンセラーも人の子だから悩みもある。その悩みはどこに持っていくか、という人事の穴を句は指摘している。以上、位置に関係のあるユーモア句に笑ってもらった。

ここで一服して、新聞などからユーモアの話題を拾ってみる。

一つは、木村洋二関西大学教授らの研究グループが「笑い測定機」を開発したというニュースである（平成二十年二月二十一日付朝日、日経）。同教授がジョークで被験者を笑わせたり、吉本興業の漫才コンビがお笑いを披露して、被験者の横隔膜周辺にとりつけたセンサーによって笑いの種類や大きさを測定したとのことである。笑いの単位がアッハ（aH）で表わされるというところも面白いし、実験の大真面目なところがおかしい。なお、この測定機開発は、笑いが健康によいということを科学的に検証しようというもので、平成十九年に特許も出願されているという。

二つ目は、海を越えた駄洒落である。アメリカ大統領選挙の民主党候補として、ヒラリー・クリントン氏と指名争いをしているバラク・オバマ氏を福井県小浜市の市民有志が支援し、オバマ氏から感謝状が小浜市長宛に届いたというニュースである（平成二十年三月四日付朝日夕刊）。オバマ氏が小浜市を知っていたというだけで、若狭塗箸や「必勝だるま」を氏に贈った、というのも駄洒落臭いし、文芸川柳であれば没になる話である。駄洒落がユーモアに発展したのは、日米双方がさして意味のないことに地位のある人が真面目になって取り組んだことで、普通なら海を越えることはなかったであろう。

三つ目は私の連想である。二月十九日の千葉県沖での海上自衛隊イージス艦「あたご」と漁船「清徳丸」の衝突事件で、艦長が家族や漁協に謝罪するために艦を離れたとき、艦には「艦長不在」の旗が揚げられた。そのような旗のあることや旗を掲げる決まりに無知であったので、わが家でもいないときは「不在」の旗を出そうかと言って笑われた。不在はしばしばであり、泥棒に不在を教えるようなものでもある。

川柳にはしにくいが、ユーモアに隣接する笑いとして紹介したい。

07 闘病とユーモア川柳

私のユーモア川柳句集を読んで、癌の手術に勇気を与えられた、と言い残してくださった方がいる。平成二十年四月号の『川柳番傘』（番傘川柳本社）誌に濱田良知氏の次の近詠三句がある。

乱魚句集に勇気もらったオペ前夜　良知

ガンを病む人に見せたいこの句集　〃

ユーモア川柳ぼくに作れぬ癌の床　〃

氏は同年三月下旬に癌で亡くなられた。二か月の入院中に手術を受けたが、手遅れとなった。番傘誌のほかにあちこちの柳誌や大会に熱心に投句をされていたから、お名前はご存じの方が多いと思う。私もお会いしたことはない。

『癌と闘う――ユーモア川柳乱魚句集』（平成十五年、新葉館出版）は、私の闘病体験についてユーモアを交えて詠んだものである。平成十五年に四度目の開腹手術を受け、胃を全摘した私は今も千葉県柏市のがんセンターに通い、ＰＥＴ検査を受けている。でも川柳に元気づけられて今を生きている。

その中の句「麻酔から醒めてまぶしいチアガール　乱魚」は病気に負けないエロチシズムがあると評された。「挨拶もなく脾臓とは別れたり　乱魚」は大岡信先生の「折々のうた」（朝日新聞）に紹介された。胃を全摘されたときに、脾臓のことは主治医からろくに話も聞かずに切除されたことを詠んだものである。でも悲しんではいない。

良知氏の右の三句は最後の作品であり、いわば遺言にも当たる。亡くなられたことは残念であったが、それでもユーモア川柳が癌の手術に励ましとなったことを知らされ、私はうれしく思う。そして、氏のご冥福を心からお祈りする。

さて、再び『ユーモア川柳傑作大事典』の句でご一緒に笑って頂こう。句はランダムに取り出している。川柳はユーモア句に限らないが、笑いの小道具になる言葉があると、読者を笑いの世界に導きいれることができる。ここではそれらの言葉を見てみる。

窓際でわれ日時計の針と化す　山中あきひこ
夏ですねクーラーでまた揉めますね　宮本　正克
好きなものばかり止めろと医者が言う　山本　閑牛
内視鏡突っ込んだまま立ち話　渡辺　史郎
血圧に悪いと終い風呂にされ　北川　彰孝

「日時計の針」とは言い得て妙である。積極的な存在感もないが、かと言って暗い影もない。「窓際のわれ」のイメージを深刻にさせない中七、下五のユーモアに読者はほっとした余韻を持つことであろう。「クーラー」という家電製品から「揉める」という連想へさらりと導く作者はなかなかの巧者である。「冷えすぎ」「電気代がかさむ」「音がする」などはどちらかと言えば小さな不満であるが、夏ごとの会話に登場する普遍性を持っている。「好きなもの」は身体によくないことに気づかされる句である。酒も甘いものもステーキもよくない。

好きな夜更かし麻雀も医師は止めよと言う。医師は人生の味気なさを悟らせるのが仕事なのである。

四句目。「内視鏡」を飲む苦痛は他人事だから、医師は感じないであろうという恨み事。「立ち話」にある誇張がユーモアを醸し出す。きれいな一番湯は身体に沁みるという説がある。それを口実に汚れた「終い風呂」を勧める下心を作者は見逃さない。「ほんとのほんと」を突く穿ちはユーモアの源泉である。登場する名詞はいずれもユーモアの小道具として効いている。

次に、頭で覚えた知識あるいはイメージと現実とのギャップ、あるいはその落差や比較する場合の距離から生まれる笑いの句を上げてみる。

シベリアに耐えた体が風邪で寝る　金子すすむ
付き添いのような顔して泌尿器科　櫻田　宏
病室は二階北側墓が見え　石井　平弥
なまはげの面持ち上げてのむ薬　北野　哲男
気象台よりもピタリと痛む腰　李　琢玉

厳寒の「シベリア」で捕虜体験を生き抜いてきたわが身を思えば、内地の風邪ぐらい何のこともないはずだが、現実にはその風邪で床につく。その間に体力がなくなり、老化した今の肉体があることを、当人だけが忘れていることがおかしい。「泌尿器科」へ行くことの恥ずかしさを覆い隠すにはそれなりの知恵がいる。だが、凡人の知恵は知れている。「付き添い」の顔をすればよいというありふれた知恵しかない。そういう人間という動物をいっしょに笑おうというわけである。「病室は二階北側」という情景はもしかしたらあり得る条件かも知れない。しかし、不吉と言われる「北枕」を連想させ、さらに「墓」まで見えてくるとなると、あまりの付き過ぎに笑わざるを得ない。

四句目。「なまはげの面」は本来怖いものの象徴である。それが常備薬を飲むというギャップがおかしい。「面」を持ち上げる動作がいかにも人間らしくて、「なまはげ」の怖さはどこかに消え去ってしまったであろう。「気象台」は天気予報を意味する。最近は予報の精度もかなり高くなった。しかし、それよりもよく天気を当てるのは自分の「腰の痛み」というあまり科学的でないものであるというところが、真実でもあり、おかしい。

殺伐とした社会にあって心癒されるペットは、不可欠な友人である。その無心なところがおかしく、人はユーモアを得る。

抱いてやる猫のつめたい足の裏　　畑　余四郎

逢いに行く猫念入りになめている　小林　光夫
人間の言葉で猫を叱りつけ　北本　照子
ブルドッグ親恨んではなるまいぞ　願法みつる
腰痛も痔もない犬がうらやまし　田辺日出雄
河馬あくびするまでカメラ構えてる　吉田　点笑

どの句も解説不要。動物がおかしいのではなく、関わりを持つ人間がおかしいことがわかる。ユーモアも笑いも人間のものなのである。

08 実体的真実の発見「ほんとのほんと」

私の属している(社)全日本川柳協会では、毎年三種類の全国大会を開いている。一つは各県持ち回り、独自に開催している大会である。二つ目は文化庁と共催で、やはり各県持ち回りで開かれる国民文化祭の全国大会である。三つ目は誌上での全国大会である。身体の障害やいろいろな事情で会場に足を運べない人もこれには参加できる。

いずれの大会もあらかじめ課題を出して、それに向けて作品を公募する方法をとっている。課題は、開催地にちなんだ「たぬき」「土塀」「温泉」といった風物や景観もあれば、「ときめき」「ペット」「踊る」といった詠みやすい名詞や動詞が出されることもある。俳句で言う季題に当たるものであるが、川柳であるから季節の枠をはずして広く人間生活万般にわたっている。

「鬼」「恐竜」「魔法」といった架空のものもあれば、今日的な話題で「年金」「テロ」「癌（がん）」も出されている。こうした課題について川柳を詠むという仕組みは、参加者を共通のテーマに誘い込み、作句のイメージを掻き立て、座の文芸をより楽しくするために、古くから行われてきた庶民の知恵なのである。これは今日に至るまで人々が集まる句会や大会と不即不離の関係で続けられてきている。

私は、こうした個々の課題を決める上で、その上位概念にあるテーマ性をも頭に置くことを、課題検討の会議に提案している。例えば、それは環境と共生、生命科学、国際秩序とグローバル化、対立と妥協、食糧エネルギー需給、ＩＴ化（情報技術）と通信といった大きなテーマもあれば、やや中位の概念として、文化、芸術、暮らし、スポーツなどで括られてもよい。

平成二十年四月の大阪での課題検討会議では、「川柳のユーモア」がテーマとして議論された。そこでは、関東と関西ではどちらに笑いの川柳が多いか、意図的に笑わそうとする句はユーモア川柳か、ペーソスと笑いの関連、一過性の笑いと反復・持続する笑い、自己を客観視するときの笑いなど、ユーモアの発生源、方向、質、品格、持続性に関わるいろいろな意見が出された。

さて、今回も『ユーモア川柳傑作大事典』をランダムに繰っていく。ようやく半分近くまで読んできたがどのページにも捨てがたい句があって止めるに忍びない。読んで笑って元気を出して頂けることであろう。

貴婦人のまま売れ残る胡蝶蘭　里中　美紀

耳もとで御挨拶する蚊の食事　木内　閑眺

人間が掛かると蜘蛛は逃げ回る　宗　水笑

どの句にも「ほんとのほんと」が詠まれていておかしい。穿ち、つまり実体的真実の発見、「ほんとのほんと」がユーモアの持つ一番大事な点である。「胡蝶蘭」は高価であるからそうそうは売れない。「売れ残る」という真実が突かれている。もう一つこの句が優れているのは「貴婦人」という巧みな形容である。気高く美しい様をやや時代がかった言葉で言い現わしたところは、並ではない。

二句目は「蚊」の季節である。耳元の羽音を「御挨拶」と形容し、吸血を「食事」と表現しているのは、昨今流行語となった「品格」の概念をも揺るがしかねないであろう。三句目は「人間と蜘蛛」の関係を実にユーモラスに捉えている。人間は自分を常に行為や権利の主体と考えているが、蜘蛛の巣に掛かった人間は「物」扱いである。そして網を仕掛けた蜘蛛は主人公となって「逃げ回る」のである。こうした主客逆転の見方はユーモアをもたらす要素である。

おつまみを買って電車に乗り遅れ　富谷　英雄

ふるさとはただで泊まれる良いところ　岡本　恵

アンコール物欲しそうに手を叩く　岩間　一虫

人間には機械とは別な意味で不完全なところがある。コンピュータよりも精巧な頭脳を持っているにも拘わらず、しばしば初歩的な状況判断を誤ることがある。電車に乗って酒を飲む情景は近郊通勤でもよく見かける。最初の句は「電車に乗る」という一番大切な判断を「おつまみを買う」という第二義的な行為によって損なうことになる。作者はそれを冷静に観察している。あるいはそのような愚かな選択を自分のこととしてさらけ出している。

二句目は「ふるさと」のよさである。通常そのよさは懐かしさとか親しさの感情で現わされるが、この句では「ただで泊まれる」という経済的尺度で測られている。常套的でない尺度、あるいは心の奥底にあって多くの人が密かに思っているところを明示されるとおかしい。三句目も拍手とその裏にある下心が浮き彫りにされている。ユーモアの表現は、真実ではあってもあまり赤裸々であっては品格を失う。この句の「物欲しそうに」はアンコールであるから辛うじて許されるところであろう。

右の脳左の脳も夏休み　源　松美
フラメンコきっと丈夫な靴だろう　濱村　淳
空缶をつぶしたように着ぶくれる　阿部　淑子
発毛剤より安くつくベレー帽　大島　三平

人間の身体や機能はもともと大づかみなものとして知られていたが、科学が進むと細かいところまで解明され、専門分野も分かれてくる。脳も「右脳と左脳」の役割の違いが解ってみると、夏休みのとり方も別々なのではないのか、という単純な疑問が湧く。耳鼻科も右の耳を診る専門と左を診る専門に分かれるというジョークが出るほどである。二句目は「フラメンコ」の踏み鳴らす音の激しさから「丈夫な靴」を想像していることが分かる。これは誇張ではなく実際に普通の靴よりも丈夫でなければ持たないであろうし、そこへの着眼点がおかしい。三句目の「着ぶくれ」に対して「つぶした空缶」という比喩はいかにも女性らしい観察眼である。実体験の裏付けがある描写はユーモアを感じさせ、説得力がある。四句目の「ベレー帽」は本来おしゃれ用か防寒用として実用のために被るのであるが、作者の目は毛髪の有無に向けられている。目的の転用もユーモアを醸す要素である。ただし、弱者を揶揄したり人の身体的な弱点を指摘したりすることは、ユーモアの持つ温かみを損なう恐れがあるので、注意を要する。

以下、作者の心理が分かるユーモア句を挙げる。

盛装の肌から匂うサロンパス　亀井　孝子
お洒落して出ると誰にも出会わない　岩津　洋子
理髪料もすこし伸びてからにする　川村　安宏
ウインドにうつる姿に背を伸ばす　大国　百子

09 生真面目さとユーモア

平成二十年六月八日の日曜日午前、東京・秋葉原の歩行者天国で二十五歳の若者により無差別殺傷が行われ、七人が死亡し十人が重軽傷を負った。車で突っ込み、そのあとは無防備な人々を次々とナイフで刺した。派遣された会社で自分の作業服が見つからず、これでクビになると思い込み、その不安が一つのきっかけになりキレたという犯人は、携帯電話サイトに犯行の予告を書き込み、福井でナイフを買い上京したという。小さな行き違いがとんでもない判断をもたらし、それがさらに大事件へと発展した。

一方、この日の午後、福岡のイベント・ホールでは五六六人の参加者がアトラクションの「博多にわか」に笑い転げていた。第三十二回全日本川柳二〇〇八年福岡大会でのこと。元検事といういかめしい肩書をもつ松崎真治氏が、コミカルな面をかぶって演ずる「博多にわか」は、博多弁による駄洒落の連発であった。その面をかたどった土産の瓦せんべい「一口二〇加（にわか）」の包装紙にはこんなにわかの文句があった。

「今日はエズー（たいへん）立派な衣裳バ着てござるがなんごとですナ」
「今日はどんたくで二〇加せんべいバ食べとることじゃケン　パリッとしとる」
日常的な話題で聴衆とともに楽しく笑い合う。秋葉原での殺傷事件の悲惨さと福岡での聴衆の爆笑、その間のあまりの落差に私は言葉を失った。「博多にわか」の駄洒落の笑いと川柳の笑いとは同じではないものの笑いは笑いである。もし、殺傷犯人がこんな笑いの仲間をもっていたら、どこかで犯罪を思いとどまっていたのではなかろうか。彼は孤独から抜け出られたに違いないと思うのである。

大会冒頭での挨拶で、私は初めて日本の川柳界に出られた台湾川柳人との交流のこと、一般投句者数の倍にも上る小中高校生の投句が川柳の将来に明るさを抱かせること、に触れた。当日発表された高校生・一般の部、小中学生の部それぞれの上位入選句は次のとおりであった。

高校生・一般の部

文部科学大臣賞

寄せ書きの国旗と朽ちてゆく昭和　　小野真備雄

参議院議長賞
刃こぼれを屋台の酒で研いでいる　馬場ゆうこ
川柳大賞
なぞなぞをかけて写楽のかくれんぼ　河合　成近

小中学生の部

福岡県知事賞
雨の日は指人形がお友だち　大野　雅
福岡市長賞
世界一いいお祭りはたん生日　高田勇二郎
福岡教育委員会賞
人形へ私の好きな名をつける　山倉まりの

第一次選者、第二次選者の選考結果にもとづき、当日壇上で表彰状を読み上げながら、私はユーモアあふれるジュニアの句に会場が沸くのを頼もしく感じ、一般の部にももっとユーモアの句が出ないだろうか、と思った。いつからか川柳大会ではユーモア句が上位に選ばれにくくなっている。それは作者の傾向か、選者の選択眼か、あるいはその両方か、そしてふと冒頭の根は真面目な犯人のことが頭をかすめたのである。
人間は真面目であることも大事であるが、同時に、笑いは人間のみが持つ感情表現であり、そこでのユーモアは人肌のぬくみの感じられる、下品でない笑いであると何度でも申し上げたい。そして「穿ち」、実体的真実の発見、「ほんとのほんと」を詠むことによって誤解や擦れ違いを減らし、少しでも人間の真心に迫ることができるという意味を訴えたいと思うのである。今回は生真面目とゆとり、ユーモアに対極から迫ってみた。

さて、今回も『ユーモア川柳傑作大事典』から楽しい笑いの句をご紹介する。

茶髪からいきなり変わる白髪染め　平尾　正人
マネキンを全部脱がして未だ迷い　赤尾天邪鬼
佛壇も閉めて下着を取り替える　上原ひろお

第一句の茶髪から白髪へ。単に変わるだけでは、当たり前であって何のおかしみもない。ここでは「いきなり」に作者の心理的な変化が読み取れる。肉体全体を見れば茶髪は若さの象徴としてぎりぎり通用するところまでは使う。その先が問題で、白髪を隠すために何色に染めるのであろうか。自分の老いを他人の目をも考えながら、髪の毛に神経を使うところに共感を覚える。第二句の「マネキン」は自分がモデルである。どのように脱がせて着せるかは、自分を美しく見せるための迷いである。この欲望のために、どれだけ多くの繊維、化粧品、健康産業が成り立っていることか、そのことに気づかされる句である。第三句は「恥ずかしさ」を想像力の上で説明している。「仏」は物ではなく生きている人間と同じように、あるいはそれ以上に「私」を見通す力を持っている。そうでなければ宗教心なぞ起こりようもない。

ほか弁にあった松茸小さい秋　大内　朝子
マヨネーズ逆立ちさせて使い切り　三上　博史
失敗をしたから今日も炒り玉子　阿部　浩

第一句は童謡歌詞のパロディー（替え歌）に高価な松茸を持ってきた。高価だからほか弁などには小さい松茸しか使えない。秋を思わせる詩的な世界に極めて現実的な話を持ち込むところにおかしみがある。パロディーは笑いを醸し出すレトリック（修辞法）でもある。第二句は「逆立ちさせる」という観察眼と表現が手柄である。マヨネーズを容器に残すことがもったいないのは誰にでも分かる。それをどのように「使い切るか」という工夫、小さな心の葛藤がさらりと詠まれている。第三句は自分の「失敗」を隠そうとする共通の心理に対して、そうはさせまいとする作者の追求の目がある。「炒り玉子」は、失敗をごまかそうとする料理と決めつけているところにおかしみがある。失敗しなければ、どんな卵料理が出来たのかと想像するのも楽しい。

冷蔵庫半額品に占拠され　田井　芳枝
七人でケーキを分ける難しさ　与志多雷魚
猫もボクも缶詰切って昼にする　後藤　正一
火の上のスルメ何だか艶っぽい　富田　孝之

第一句は家庭の消費行動を端的に描いている。「半額品」はたくさん買うからすぐには消費できない。保存するために冷蔵庫を「占拠」される。ここで「何故か」と言ってしまうと説明句になり、つまらなくなるので、理由を明かさないところがよい。第二句は素数（一またはその数自身しか割り切れない）の頭数で公平にケーキを分けることの難しさを詠む。ものを分けるときには、口には出さなくとも胸のうちで大小を計算していることに注意をしなければならない。人の心理をそれとなく述べているところが面白い。第三句は食材の「缶詰」で人間と猫を同列に置いている。本来比較すべきでないことを比べることもおかしみをもたらす。もっともこれはペット・フードに缶詰が登場してきた時代背景も前提となっている。第四句はスルメを焼くときの観察眼である。「何だか」というのは、うまく説明できないことを指しているが、「火の上」での曲線的な形状が女性の身のこなしを連想させるところを言い当てている。

回らない寿司をしばらく食べてない　佐々木栄一
なっとうの箸でらっきょう逃げていき　三浦ジュン
エレベーター餃子を食べた人が居る　黒澤　正明

社会生活の上では言うに言えないことがある。言うほうはそれを婉曲に表現するし、聞くほうもわざわざ真偽を問い詰めたりしないのが、日本的な醇風美俗とされてきた。第一句の「回らない寿司」とは時価で売る高い寿司屋のことであり、しばらくそんな高い寿司を食べていないということであるが、寅さんの科白にもある通り「それを言っちゃあお仕舞いよ」なのである。第二句は、ねばねば食品の納豆と丸い形をしたラッキョウとの取り合わせ。実際に同じ箸でラッキョウを摘もうとするとうまく掴めない。擬人法で「逃げていき」としたところが川柳的でもあり、おかしさである。第三句もあからさまには言っていないが、エレベーターという狭い空間に乗り合わせた人の中に口臭の強い人がいるということである。「餃子」がニラ、ニンニクの臭みを持っていることは誰にも分かる。この句も単に「人が居る」と言っているだけで、「だから怪しからん」とか「降りて欲しい」というようなことは言わない。「お互いさま」という譲り合いの気持ち、それを私は人肌の温かみと言うのである。

10 真の滑稽、真の可笑味とは

斎藤大雄さんが平成二十年六月二十九日、胃癌で亡くなられた。享年七十六。北海道の大雄さん、全日本川柳協会常務理事の大雄さんとして、全国紙にその訃報が載った。亡くなるたったひと月前に東京でお会いし、好きなお酒も飲んでいたのに、人の命はあっけない。

ところで、私はわりあい素直な性格である。特に先見性を持った先輩の意見には素直に従う。そのよい例は大雄さんのアドバイスである。平成七年に『乱魚川柳句文集』という本を出したとき、大雄さんから、「この本のタイトルは『ユーモア川柳』とつけたほうがよく売れると思うよ」と言われた。

次に出す句集から、すべてのタイトルに「ユーモア」とつけた。『ユーモア川柳乱魚句集』は千八百部売れた。『癌と闘う―ユーモア川柳乱魚句集』は五千部を既に売り尽くした。その後も『科学大好き―ユーモア川柳乱魚選集』三部作、『銭の音―ユーモア川柳乱魚句集』『妻よ―ユーモア川柳乱魚句文集』『ユーモア川柳傑作大事典』と続く。

大雄さんは私の本の看板を、大きな太い字で書いてくださったわけである。

平成十五年に『癌と闘う』を出版して、その翌年のこと、大雄さんから電話を頂いた。「札幌の紀伊國屋書店で、この句集が文芸の棚でなく、ノンフィクションの棚に並んでいたよ」という話の後で、「乱魚さんに川柳・大雄賞を差し上げようと思うのだけど、受けてくれますか?」と言われた。大雄さんは情念川柳論の人で、私のようなユーモア川柳とはかなりのずれがある、とばかり思っていたので、このときは大雄さんの幅の広さに心底から驚いた。以後、大雄さんは大衆川柳論へと論調を広げられた。

私の受賞理由は、現代川柳の中で欠如しているユーモアの復元に努力し、「ユーモア川柳大賞」を設けて川柳界に寄与した、というものであった。私は喜んでお受けした。

記念講演は「川柳の穿ちとユーモア」としたが、このときに述べたユーモアにおける実体的真実の発見という見方は、今も私の川柳観の基調となっている。

今回は大雄さんのユーモア川柳観、ユーモア作品をご紹介したいと思う。平成二十年六月に出された『百歳力をつける―せんりゅう養生訓』には一筆箋にこんなメモがあった。

「日川協の大会を欠席して申し訳ありません。体調を崩し、最低の仕事に押さえた日常生活を送っております。そんな中で、こんな本を出しました。バチが当たったのかも知れません。ご笑覧いただければ幸いです。　平成二十年六月十四日　斎藤大雄　今川乱魚様」

亡くなる半月前のメモは、私に宛てた遺書ではないか。何度でも読んだ。そのたびに込み上げてきて、涙で字が曇った。

本書には、百歳まで生きる健康法がいろいろ書かれている。その中で「ユーモア」を説く。「笑いのない人生は、無味乾燥で楽しくも面白くもない。笑うということは脳を活性化するので老化の防止にうってつけだ。イライラしたり、カッカとなる人は動脈硬化を起こしやすいといわれている。……笑いを作るジョークには社会的常識や教養が必要になる。つまり、脳を活性化するユーモア溢れるジョークには、普段からのトレーニングが必要だ」「できることなら『ピンピンコロリ』とおさらばしたいものだ。すなわち百歳までピンピンと生きて、ある日、眠るが如くコロリと天寿を全うしたい。これが人間としての理想的な生き方であり、死に方だ」

『現代大衆川柳論』では、いろいろな人の笑いや滑稽の定義を引きながら、次のように「滑稽」の要約を試みている。

一　滑稽というものは自然に湧き出たユーモアでなければならないこと。

二　真の滑稽には真面目さがなければならないこと。

三　滑稽の中から滲み出る涙を伴う程度でなければならないこと。

四　真の可笑味はムリに笑わせる滑稽ではなく、不用意のうちに笑いを催すものであること。

『川柳入門はじめのはじめのまたはじめ』では、川柳の三要素など川柳味について述べたあと、「『笑い』が現代川柳から失われつつあることは、笑いの文学として育ってきた川柳にとって真に残念なことである」として、笑いの難しさについて解説している。

「なぜ笑いというものがむずかしいかというと、笑う本人にとっては優越感を満足させることであるが、受ける側、すなわち笑われる側にとって不快感を生じることがしばしばあるからである。それだけに笑いの種類によっては他人を傷つけることが多いので気をつけなければならない。特に日本人の笑いはウェットな笑いが多いために、むずかしさがともなっている」

『情念句―女性川柳の手引』では、「女性川柳から『可笑しみ』の句を見つけることはむずかしい。女性川柳の笑いは、悲しみの、怒りの、憎しみの、はじらいの、といったように、笑いのなかにいつももう一つの感情を持っている。それが女ごころの笑いではないかと思う」という見方をされている。

最後に斎藤大雄川柳選集『冬のソネット』から、ユーモアの句を拾ってみる。

糸の距離だけを踊って奴凧　大雄
義理チョコの一つを妻に割ってやる　〃
にんげんがいやだと思う耳ふたつ　〃
塗りぐすりやっと彼女の手を握る　〃
二人きりになっては困る人といる　〃
エイプリルフールだあれも嘘をつきに来ず　〃
ライバルに勝って洗濯干している　〃
日向ぼこ母の輪ゴムの跡眠る　〃
すぐ怒る癖そのままに靴の底　〃
トルコから帰った男のホラを聞く　〃

指笛で女を呼んでさびしすぎ　〃
雨の日を急いで恋のカタツムリ　〃
遠雷へ猫も待ってる通り雨　〃
ファーストキス記念日にして妻強し　〃
終電車ずれた仮面が眠りこけ　〃

平成十一年四月とあるあとがきには「ダイユウって川柳をやるために生まれてきたのではないかと、しみじみと思い、ふかぶかと反省もさせられた」と書かれ、最後に「川柳は文学の仲間たちにも、マスコミ界にもまだ市民権を得ていないようだ。そのことは口惜しく恨むべくもないが、どうか、この一冊を読んでいただき、ダイユウの川柳文学運動の一端を知っていただき、川柳の幅の広さ、そして深さをもう一度見直してくれればそれにまさる幸せはない」と記されている。

川柳はきっと大雄さんの思う方向に進むであろう。

II

ユーモア川柳を作る上で
大切なことを知ろう、学ぼう。

11 「人肌のユーモア」のお手本句

前回取り上げた北のカリスマ斎藤大雄さんの死が報じられたのは、平成二十年六月二十九日(日)。その日は、新潟で大野風柳さんの主宰する「柳都川柳社六十周年全国川柳大会」が開かれていた。いま川柳界からもう一人のカリスマを挙げるとすれば、風柳さんであることは衆目の一致するところであろう。

柳社の組織が大きく知名度が高いこと、主宰の行動や発言力がダイナミックなこと、川柳人や一般人向けの著書の数や原稿執筆、マスコミへの発信の頻度が多いこと、などがカリスマ性を裏付けている。

風柳さんは、昭和二十三年に柳都川柳社を創設、以来六十余年間を一人で主宰を務めてこられている珍しい存在である。健康には自信があるかといえば、大腸がんを手術されたこともあり、家族に恵まれているかといえば、奥様を先に亡くされており、必ずしも万々歳というわけではない。それでも川柳に対する情熱は誰にも負けないし、それによって自らの生きがいを築き、社会貢献もされている。

カリスマとして大事なことは、川柳に対する主張がはっきりしていて揺るがないこと、話をしたり、文章に書いたりするのが分かりやすいこと、それでいて押し付けとならないこと、である。私はこれに人肌のユーモアがあることを付け加えたい。

風柳さんと会って話をしていると、以上の要素をバランスよく身につけておられることが分かる。それは持ち前のお人柄であるが、恐らく民間団体の仕事を長く続けてこられたからでもあろう、と思っている。ユーモアについては、特段おかしいことを言われるのではないが、言葉の断面に発想の新しさと人柄に対する信頼感があるのである。

これまでの川柳作品の数は膨大であり、それを大小折々の句集にして発表しておられる。全体としては、「ふるさとの風に道あり花の種　風柳」のように、いわゆる抒情川柳、詩的川柳が主流であるが、ここでは本稿のタイトルにふさわしいユーモア句をご紹介する。

会計が眼鏡をかけているこわさ　風柳
おはようは追いこす方が先に言い　〃
この前は葬式に出たモーニング　〃
長身も悲しきもののひとつなり　〃

礼服の下は何時もと同じシャツ　〃
扇風機ボクの髪には強すぎる　〃
なんとなくすこし疲れた靴が好き　〃

詠まれている事柄は、いずれも実際にあったことであろう。特におかしいことではないが、五七五のリズムにしてみるとおかしい。会計はミスを見逃すまいとするが、眼鏡はそのためのものではなく、恐らく老眼鏡であろう。挨拶はどちらからしてもいいのだが、うしろから声をかけるほうが自然である。背も高ければいいというものではない。標準タイプが目立たなくてよいということがある。

礼服の下はおしゃれのしようがないから、いつものシャツであり普段着で済ますことになる。言われてみれば礼服と普段着の取り合わせがおかしい。扇風機の風は人によって加減するわけにはいかない。髪の薄い人には少し強く当たるが、少々のことは我慢してもらうことになる。ただ、譲り合い精神というような大げさな話ではない。少し疲れた靴は、言われてみるとみじめであるが、考えようによっては足に馴染んで履きやすいということでもある。ものごとはプラスマイナス差し引きをすると、五分五分かせいぜい四分六分であることが多いのである。以上は『しみじみ川柳』(平成十年) にある句である。

風柳さんは平成十年に柳都川柳社から出した『定本大野風柳句集』という句集で、第二回日本現代詩歌文学館館長賞を受賞している。

黒いケースに入ったハードカバーの句集であり、受賞作品というと堅苦しく思われるかもしれないが、ここにも心休まるユーモア作品がたくさんあるので、ご紹介する。

手袋をいちいち外す癖がある　風柳
めんどうくさいから商品券贈る　〃
女房の財布をあけて閉めている　〃
手抜きではない生玉子が好き　〃
結局は使わずにいる夫婦箸　〃
合鍵のようにメガネを二つ持ち　〃
震度三我楽多だけが落ちてくる　〃
天皇がいるわたくしがいる叙勲　〃

解説はいらないと思うが、結局は使わずにいる夫婦箸は奥さんに先立たれた事情を知る者にとっては胸が詰まる。震度三の我楽多は新潟地震を思い出す。最後の叙勲の句だが、風柳さんは平成十五年春の叙勲で木杯一組台付きを授与された。川柳人生を飾るにふさわしい栄誉であった。天皇陛下と「わたくし」が並び立つ叙勲の姿を第三者的に淡々と述べておられているところがおかしい。

12 ユーモア川柳の価値

人間が生きていく上でユーモアが不可欠であるということは、日本だけでなく世界中の誰もが感じているに違いないと思う。もし、ユーモアを受け入れない民族があるとすれば、その民族は争いの果てに滅亡しているであろう、と私は思っている。

日ごろユーモアに縁がないように見える人でも、それが不要かといえば、心の中ではユーモアは大事だと思っているようである。ただ、ユーモアとはどういうものかという見方は、その人の属する国や民族の文化や言語の特質に根ざすところが少なくないので、がっちりとした定義はしにくいということがいえる。イギリスのユーモアとフランスのエスプリは違うように思うし、日本の滑稽とユーモアとの間にも微妙な違いがある。仕方がないので英語のまま「ユーモア」と使っている。

ユーモアの価値については、人によって受け取り方が違う。平成十四年に私は『ユーモア川柳乱魚句集』という句集を出した。その第一句は「アルバムに愛を剥がした跡がある」であり、止めの句は「割勘が嫌ならここで別れよう」となっている。句を五十音順に並べて、「ア」の句で始まって「ワ」の句で終わったに過ぎないし、「アルバムに」の句は、たまたま中七も下五も「ア」で始まるので、一番前に来ただけである。アアアの「折句」ではない。この句集をご覧になった時実新子さんは、次の感想を寄せられた。

「ペーソスある笑い、自分を笑いのめす川柳のつよさ。ユーモア句は高みを目指すとき、本当にめったと生まれるものではありません。日常の作品群の中でふっと和ますのも、ユーモア句の位置付けでしょう」ここまではユーモア句礼賛であるが、以下は句集の作り方に対する率直な疑問であった。「それがこうして集められたときの評価。ご努力を多とするだけに、しっかりと考えさせてほしいと思います」とあった。(平成十四年七月十九日)

要するに、ユーモア句は大事だが、そればかりを並べることはその価値を減退させるということであろう。ユーモアはペーソスとともに述べられるときにその効果をより大きく発揮するという意見もよく聞くが、それも分からないではない。笑いと涙の間の落差を大きくするという効果があるからである。この問題はさらに詰めてお話しする機会がないまま時実新子さんは平成十九年三月に亡くなられた。

　私はときどき講演を依頼されて、ユーモア川柳についてお話しすることがあるが、以前に石川県文化協会でお話ししたとき、酒井路也氏から「川柳にユーモアが大事であるといわれる川柳人は多いが、自分でユーモア句を作り、ユーモアについて書き、ユーモアの講演をする人は少ない」と紹介された。そのときはそんなものかと思ったが、私のようにユーモア漬けとなってユーモア句集を何冊も出すような人は確かに少ないようである。

　話のついでに、先の句集からアイウエオ順に私のユーモア句をいくつかご紹介する。

　　あんぱんを四つに割って四つ食う　　乱魚
　　朝っぱらからやっている大リーグ　　〃
　　いい土に還ろううまいもの食って　　〃
　　受付の前で始まる立ち話　　〃
　　縁日で一番怖い面を買う　　〃
　　男に利く薬が出たと聞かされる　　〃

　人をよく観察したときに浮かぶのが私のユーモア句である。一句目、あんぱんの食べ方を見ていると四つに割って四つとも食べている。二句目は時差であるが、日本のテレビが朝から放映しているのも事実である。三句目は、どうせ人間誰でも最後は土に還る。うまいものを食べたほうが、いい肥やしになるかも知れない。
四句目、受付で知った顔に会い「やあやあ」と始まるところ。ときには邪魔にもなる。五句目はお面を買うときの心構え、笑っているお面ではつまらない。六句目は強精剤だが、どこにどう利くなどと言わぬところが華。

替え歌を唄うと元気湧いてくる　乱魚
鏡台に並べばビンもポーズする　〃
くちびるは瞬時に盗むものにして　〃
煙に巻くときに英語をちらつかす　〃
検問でピーピーと鳴る小銭入れ　〃
ゴールするたびに男が抱き合って　〃

一句目、酒が入って品格を云々しなくなるころには元気も出る。二句目、安物のビンと違って高級化粧品の入れ物はなかなか捨てがたい。三句目、ぐずぐずしていて成功する例は少ない。四句目、立派な日本語があるのにわざわざ外国語を混ぜる。どうせなら全部英語で話せるのかというと、それはできない。五句目は空港での手荷物検査。大枚の財布は鳴らないが、いくらも入っていない小銭入れがやかましい。六句目はサッカーのゴール。あれが背広姿ならば見られたものではない。

ユーモア川柳は、フィクションよりも本当のことを詠んだほうが訴える力が強い。そして何度でも笑うことができるであろう。

13 無駄のないユーモアとは

ふとしたご縁で、伊勢市の橋本征一路さんから『午前二時』(平成十三年)という句集を頂いた。黒のハードカバー、見返しは海老茶色、表題と著者名のほかには余計なことは何も書いていない句集である。氏にお会いしたことはないが、真面目な性格の方であることは想像できる。お手紙には氏のユーモア川柳観が書かれている。

「ユーモアの底にはやはりペーソスが含まれてなければなりません。好きな作者(中尾藻介)の句に、『赤ちゃんのよりは大きい紙おむつ』があります。喜怒哀楽の哀をユーモアで表現できればと念じております」

見返しには氏の次の句がサインされている。

ノーヒント　蛇の尻尾はどこからか　征一路

句集は一六一ページ、平成七年からの作品を時系列に、各ページ四句ずつ並べてある。「タイガースの帽子」「鼻ピアス」「魚の絵」など七章、別に「美しい嘘」という章があり、そこには「妻」を詠んだ句が並ぶ。以下、その中から優れたユーモア句を挙げてご紹介する。

勿体ないたばこの吸い方をする　征一路

酒が弱くなったのを喜んでくれる　〃

合掌のかたちにするとよく燃える　〃

散髪をしたのに誰も気付かない　〃

出棺の時間を楽しそうに待つ　〃

一句目、タバコを吸わない人から見れば、もっと根元まで吸ったらよさそうにも思える。二句目、酒を飲まない人から見れば、強いかどうかはあまり関係がない。どちらかと言えば弱いほうが手が掛からない。三句目は焚き火か。酸素が通る形にするとよく燃える。それを合掌と表現したところが見つけである。四句目、折角の散髪、誰かが気付いて褒めてほしい。言うに言えない期待。五句目は皮相な見方だが、儀礼的な挨拶がすむと、人間は葬式でもそう悲しそうにばかりしていられない。ついつい話が弾んでくる。

茶髪が駄目というなら白髪染めも駄目　征一路

請求書に記念切手は似合わない　〃

等身大の箱が一番恐ろしい　〃

わたくしのそだての親は哺乳瓶　〃

みんな左を向き安心な魚の絵　〃

一句目。若者が髪を茶色に染めるのに文句を言うのであれば、年寄りの白髪染めはどうなのか。理屈である。二句目、料金さえ合っていれば文句はあるまいというところだが、請求書にきれいな記念切手というのは、何となくそぐわない。三句目、等身大の箱と言えば棺しかないであろう。そこに入る時は焼かれる時である。もっとも当人に意識があるとは思えないが。四句目、生みの親のおっぱいは分かるが、育ての親を突き詰めていくとどうやら人間ではなく、哺乳瓶らしいと気づく。五句目、魚の絵はどっちを向いていてもよさそうなものだが、左向きが落ち着く。皿の魚の向きを思い出せば分かる。

本当の歳が三面記事に載る　征一路

教会の屋根にお寺の鳩がいる　〃

約束を守らぬ人は出世する　〃

香典をはずんで妻に叱られる　〃

一句目、事件の記事を読むときに歳が気になる。本当の歳であることが話題には欠かせない。二句目、あり得ぬことではない。宗派別に鳩の羽の色が違っていたら愉快であろう。三句目、約束を守る真面目な人が偉くなりそうなものであるが、現実は必ずしもそうではない。四句目、香典の額を相談して増やすことはまずない。男は見栄っぱりだから、削るのは妻の役割である。

征一路さんは、この句集の六年前、平成七年に『茄子の花』という句集を出しておられる。そこにもユーモア句がたくさん収められている。造本は先述の『午前二時』とまったく同じ黒づくめである。俗諺に「親の小言となすびの花は、千に一つも無駄がない」という。氏のユーモアにも無駄がない。それに、詠まれた内容には嘘がない。私の言う「ほんとのほんと」だからおかしいのである。以下十句ほどご紹介するが、いずれも解説を必要としないであろう。

新しい自転車だから盗られそう　征一路

石鹸の小さいほうで済ますなり　〃

幕引きの足が客席から見える　〃
月曜の朝から欠伸してる猫　〃
自白さすにはくすぐりの刑がよい　〃
このひとつ上だと返しすぎになる　〃
何人か離婚している借衣装　〃
弁当の蓋から食べる悪い癖　〃
おとうさんを最後に入れる洗濯機　〃
死んだ気になるとなんにもしたくない　〃

14 ユーモア川柳の着眼点

平成二十年十一月九日、茨城県城里町にて国民文化祭川柳大会が開催され、その開会のあいさつで私は少し脱線した。十一月の次期米大統領選挙でバラク・オバマ氏が勝利したとたん、日本では福井県小浜市の市民がバンザイを叫んだというニュースを見たからである。川柳は言葉の芸術である。言葉にはふつう実態の裏付けがあるものであるが、アメリカのオバマ氏と福井の小浜市には同音だというだけで、裏付けは何もない。バンザイまでさせた「オバマ」に、私はあらためて「言葉とは、詩とは」という疑問を感じたので、そのことを述べた。すると会場の五百人がどっと笑った。私はここでも言葉というものの持つ特別なおかしみを実感したのである。

さて、今回は『平成二十年』(平成二十年、新葉館出版)という新家完司さんの句集からユーモア句をご紹介する。完司さんは平成元年から五年ごとに同じ体裁の句集を出している。また、本誌に「川柳の理論と実践」という固い記事を書いている(註：平成二十三年に書籍として刊行)。風貌は新葉館出版のブログでご覧になれるが、ちょっと強面である。何が言いたいかというと、ユーモアは時に知性と強面の風貌からもたらされるということである。

胸張っておればわからぬ貧富の差　完司
バナナしかなけりゃバナナで酒を飲む　〃
のんびりと電気を作る大風車　〃
六十五年同じところにあるホクロ　〃
酒を飲む時間報せるいい時計　〃

潜望鏡そっと上げるとお正月　〃

第一句、貧富の外見は衣装ではない。「胸を張って」いるかどうかだという着眼点がよい。財布よりも雄弁である。第二句、酒には肴が欲しい。でもないものはない。一度「バナナ」を試してみる値打ちはあろう。第三句、電流は速いものの典型だが、発電をする「風車」ののんびり加減はどうか。イメージの落差を衝く。第四句、鏡に映る自分の「ホクロ」。動かなくて当たり前ではあるが、案外動いているかも。第五句、時計にもいい悪いがある。「酒を飲む時間」ほど大事なものはない。第六句、「潜望鏡を上げる」とは寝正月から起き出すことか、面白い表現である。

以下同じ著者による『平成元年』から『平成十五年』までの五年ごとの句集からランダムにユーモア句を抜き出してみる。それぞれその着想がおかしい。

しめ縄があると賽銭箱がある　完司
明るくてホテルのような火葬場だ　〃
悪人も楽しんでいる笛太鼓　〃
蟻の巣の奥にも秋は来ているか　〃
居酒屋に十日ほどいた雪女　〃

第二句、最近の斎場は「ホテル」並みにきれいだ。結婚披露宴でもおかしくない。第三句、村祭りであろうか。櫓から聞こえる「笛太鼓」に善人悪人の別はない。第四句、真夏に汗を流した「蟻」。その巣の奥の季節感にまで思いを致す作者はきっとやさしい心を持っている。第五句、先日酒を注いでくれた色白の無口な女。山へ帰ったのだろうか。「雪女」だったに違いない。

石ひとつ句碑にするか墓にするか　完　司
追い越して行った車よ幸あれよ　〃
お嬢さん春というのに微積分　〃
金は腐るほどある　と言うのが口ぐせ　〃
来た道が見えるところでひと休み　〃

第一句、一メートルほどの「石」に文字を書けば、碑にも墓にもなる。私なら下手な句を下手な字で書いて句碑にしたい。第二句、追い越し車両は癪だが、急ブレーキも聞きたくはない。皮肉っぽく「幸あれよ」か。第三句、数学の期末試験には同情できる。第四句、金を出さない人の「口ぐせ」。第五句は人生の道のりとも言える。

君が代は小皿たたいて歌えない　完　司

コリコリとうまい哀しい豚の耳　〃
ご神体どこから見てもただの石　〃
じゃんけんぽんケチはだいたいグーを出す　〃
独学で覚えたタバコ酒おんな　〃

第一句、国歌もリズム次第だが、君が代は「小皿」を叩いても様にならない。第二句、「豚の耳」は悲しい食べ物というのは実感だ。第三句、ご神体は木か石でできている。手を掛けていない「石」ほどありがたた味がある。第四句、じゃんけんの掛け声は「最初はグー」である。第五句、人間はよくないものほど「独学」で覚える。

完司
にんげんを酒の肴にして飽きず
仏飯をまいにち犬が食べている　〃
原っぱを鉄条網で囲んでる　〃
棺にも小さな窓がついている　〃
封筒に入れると貰い易い金　〃

第一句、肉も魚もよいが、それよりも「にんげん」という動物性タンパク質が酒に合う。第二句、ありがたい「仏飯」だが犬に食わせる。犬の幸せを願ってか。第三句、せっかくの子供の遊び場を大人の都合で囲ってしまう。それも「鉄条網」で。第四句、棺の小窓は仏のためか弔問客のためか。交わされる言葉はたいてい常套的である。第五句は人の心理を衝いている。汚い金でも正々堂々と貰いたい。

以下、ユーモア句として特に解説もいらないであろう。

待ちぼうけ誰も財布を落とさない　完司
見てるだけなら面白い地獄絵図　〃
虫篭で鳴いているのは父と母　〃
もういいですかと葬儀屋が蓋しめる　〃
ゆで卵の黄色は鶏になる部分　〃
欄干を跨いで妻に叱られる　〃
老眼鏡遠くの街へ買いに行く　〃
我が背骨ピサの斜塔となりにけり　〃

15 共感されるユーモア川柳を作ろう

平成二十年十一月三十日に、「はばたく静岡国民文化祭プレフェスティバル　第四十三回静岡県川柳大会」という一息には言えない長い名前の川柳大会に出席した。

私は（社）全日本川柳協会（日川協）会長として川柳という文芸のあらましを述べた後、会場前方の席に小中学生の姿を見て、最近の小中学生の部の投句数は、一般の部のそれを大きく上回っており、川柳の将来を明るいものとしていること、日川協では国語の教科書に川柳を掲載する運動を行っていることを述べ、また、入賞者は学校に戻ってからも胸を張り、川柳をぜひ続けて頂きたいとあいさつした。

休憩時間に一人の少年とその母親がやってきた。少年はパソコンで作ったらしい名刺を差し出し、私の出した本にサインをして欲しいと言う。私はこれに応じ、名刺を差し上げた。すると少年はしばらくして一冊の本を持って現れた。本は『ユーモア川柳乱魚句集』であった。「好きな句があればそれを書いてあげるよ」と言うと、少年は即座に「いい貧乏させて貰った父と母」の句がよいと答えた。私は「なぜこの句を」と一瞬驚いた。

　句集は六百句あまりを五十音順に並べたものである。少年が口にした作品は、自分の少年時代を振り返りながら作った句であり、愛着があるので収録をした。父が十五年戦争の末期、フィリピンのレイテ沖で戦死し、残された母は苦労をして働き、私と弟二人を養った。私も十五歳で新制中学を終えると、すぐに読売新聞社の活版工場で働き、夕方からは上野の都立高校の定時制課程に通った。貧乏は絵に描いたようなものであった。

　この「いい貧乏」の句は口言葉で「ビンボ」と読む。大した句ではないが、川柳人以外の一般の人にも共感を持ってもらえる内容であると思って、このほど句碑にも刻んでもらった。句碑は、９９９番傘川柳会の有志のみなさんのご寄付により、土浦市の「霞ヶ浦総合公園芸術の森」に完成したばかりである。序幕は陽気のよい平成二十一年四月を予定している。

　少年は句碑の経緯は知らない。「ユーモア句は好きです」と言っていたが、なぜ私の句集を持っていたのかも、なぜこの句を六百句の中から選んだのかも分からない。この句のユーモア性を自解するならば、「いい貧乏」と「させて貰った」というところにある。彼は会場近くの自宅まで本を取りに走ってくれたのだそうである。

　少年は中学三年の十四歳で、この日のプレ大会、小中学生の部で二句も特選に選ばれていたのである。

▽課題「太陽」松川多賀男選

明日またがんばればいい陽は昇る　塚本　寄道

▽課題「若い」佐藤　清泉選

種の中ボク色の芽を出す準備　塚本　寄道

この「若い」の句は特選の中でも天位であった。表彰式のとき、寄道少年は大事な試験があって席をはずし、代わりにお母さんが賞状を受けられた。

寄道少年が川柳の実力を持っていることは、二句特選獲得で分かると思う。私の多くの句の中から「いい貧乏」のユーモア句を理解し、選んでくれたことはうれしかった。数日後、寄道少年ご本人と電話でお話ししたときに、「この句は人生の結晶だと思った。乱魚先生のお母さんは貧乏に負けず、明るくてやさしい、がばいばあちゃんのような人ではなかったですか」という。私は、少年の話に感心した。

私は、川柳には伝統句のほかに抽象句、政治風刺句、サラ川など、いろいろあっていいと思っているが、川柳人以外の一般人にも、小学校高学年、中学生にも共感される句が川柳の将来にとって大事だと思った。我田引水でなく、読んでも何の共感も得られないような川柳が、川柳の普及と向上に役立つとは思えない。世の中の「ほんとのほんと」を穿《うが》つ句、自分自身の本音を訴える句、そして、他人の粗さがしをするのではなく、ユーモアに包んで提供する句がぜひ欲しいと思った。

寄道少年はプレ大会当日の夜、なぜか眠れなかったと聞いた。私もその日、三島駅から正面に聳えて見えた冠雪の富士の姿を思い、若い人の川柳のことや川柳界の将来のことを思い、夜に何度も目が覚めたのである。

16 シニカルな視点で捉えるユーモア川柳

人は見かけでは判断できないが、「真面目人間」と「ユーモアの性格」も一見相容れないように見えて、そうではないことが少なくない。二宮茂男さんもその組である。川柳絵句集『この指にとまって幸せだったかい』(二宮茂男著、平成十六年、新葉館出版)は、「癒しの川柳と絵のコラボレーション」というキャッチ・コピーがついているが、その中からユーモア句をご紹介する。句は各ページに一句、それに楽しい絵が添えられている。絵はイメージであって句の説明ではない。

二宮さんは川柳「路」吟社幹事である。平成十九年十二月の東葛川柳会句会に選者として来られ、お目にかかった。その「真面目人間」ぶりは、氏がその前月の句会にも下見にこられたことで分かる。披講も短く、お話も真面目そのものであった。

転んだら起きずに少し休みたい　茂男
思い出を束ねてのびている輪ゴム　〃
石頭だけは隠せぬベレー帽　〃
いじめられたのかも知れぬ流れ星　〃
これまでもなんとかなってきた財布　〃

第一句は、転んだ痛みからすぐには起きたくないのが人情であろう。だが、よく観察していると、転んだ人は何とか早く起き上がろうとする。照れ隠しがそこにある。第二句は古いラブレターでもあろうか。輪ゴムにこと寄せているが、感情も同じように風化しているに違いない。第三句、一見ダンディーな頭部に見せはするが、中身までは隠せない。第四句、流れ星への人類の願いはいろいろあるが、星自身を人間社会に譬えれば惑星からのいじめで追い出されたのかも知れない。第五句、痩せた財布をいまさら言っても始まらない。持ち主の身幅に過ぎない。これで何とか生きなければ仕方がないのである。句に添えられた財布の絵は指でマル印を作って笑っている。

どこまでも濁らずにいるイロハニホ　茂男
永久に不滅我が家の卵焼き　〃
親と子の間に立てる愛の盾　〃
好きだから少し離れて席を取る　〃
くすぐると泥を吐き出すきれいごと　〃

第一句、五十音には濁音になる音の行とならない音の行がある。だが、いろは歌では濁点を記さない。小さな発見もユーモアの一つである。第二句、たかが卵焼きのこと。永久も不滅も大げさな話であるが、適度の誇張もユーモア表現となる。かつて「ジャイアンツは不滅」と叫んで監督を引退した長嶋茂雄さんは、鯖という字を「魚偏にブルー」と言って笑わせたが、子どものような無邪気さも結果としてのユーモアをもたらす。第三句は、「愛の鞭」という常套語の差し替えがおかしい。「盾」のほうが非暴力でありながら寄せ付けぬものを持っている。第四句、逆説のようだが「少し離れて」に理性が見える。夫婦喧嘩の源は「好きだから」に始まる。第五句、さまざまな体刑の中で見過ごされているのは「くすぐり」の刑であろう。この刑を受ければ洗いざらい白状せざるをえない。

茶柱が立った二人の鉢合わせ　茂男
自分史の要所要所に書く拍手　〃
下向いた男に当たる流れ弾　〃
楽しかったことは内緒の空財布　〃
式で泣く女と後で泣く男　〃

第一句の茶柱は幸運の予兆と言われているが、それはその日限り、当人限りの話であって、他人には及ばない。当然、茶柱同士の衝突もありえる。理屈の句ではある。第二句、自分史などというものは、客観的事実だけを書くのであれば不要であろう。自分のしたことがいかに世のため人のためになったかを書きたいのである。読者がそれを読み取ってくれないものだから、自らそれを強調する。「拍手」は自画自讃を言っている。第三句は教室での体験。先生に指されたくなくて下を向いていると、意地悪く指されることになる。第四句、楽しいことは道徳的とは限らない。不倫もポルノも人には言いにくい。そして言いにくいことには金がかかるのである。第五句、結婚式で泣くのはうれし泣き、所帯を持ってからしばしば悲しい涙にくれるのが男である。ついでながら、うれしくも悲しくもなく出る涙を流涙と医師は言う。

二宮さんのユーモアは、ややシニカル（皮肉な）な視点からのものが多かった。

ところで、笑いがあったとしても、「ユーモア」と「悪ふざけ」はまったく違うという例を次に挙げる。トイレット器具を売る一流会社のT社が「トイレ川柳」を毎年募集している。

企業が商品の宣伝や会社のイメージアップの媒体として川柳を募集すること自体は、昨今はやりであり、その結果として入選句を発表することをとやかく言うつもりはない。「トイレ」という課題で川柳を募集することも、あながち非難するには当たらないであろう。問題は発表の方法である。

驚いたのは優秀作品として選ばれた二十句がトイレット・ペーパーのロールに印刷され、書店などで三五〇円で販売されていることである。つまり排便のあとお尻を拭くのに、川柳の優秀作品を書いたこのペーパーロールが使われているのである。

句の募集の段階で「あなたの川柳でお尻が拭かれます」という断りがあるのかどうかは、私は知らない。選者も、句の応募者も、あるいはT社の役員、社員さんも、川柳という文芸作品でお尻が拭かれていることをご承知なのであろうか。

私は、これは「ユーモア」ではなく「悪ふざけ」であると思う。同じ文芸でも短歌や俳句をトイレット・ペーパーに書くことはないのではないか。川柳人としては残念である。

17 ユーモア川柳作家・高橋散二のテクニック

平成二十一年は丑年で、頂いた年賀状にも牛の句が多かった。

牛歩ではちょっと間に合いそうにない　村田　倫也
牛の目に産地偽装が許せない　中島　和子

最近、本物の牛を見る機会はないから、右の句も想像で作られたものと思う。五十年以上前の牛は人との関わりが多かった。『番傘』を代表するユーモア作家で、無類の芝居好きであった高橋散二さんの遺句集『花道』から、牛の句を抜き出してみる。

牛を売る方も買い手もふところ手　高橋　散二
電柱へ牛二時間もつながれる　〃

頼母子を落とした金で牛を買い　〃
ジェット機の音でお乳が出ない牛　〃

ところでこの句集は、昭和四十八年十月に奥様の高橋一枝さんによって発行された。当の散二さんは昭和四十六年八月十八日に交通事故で亡くなった。序文の近江砂人番傘元主幹は「あなたの川柳は消ゆることなく永遠に語りつがれるでしょう。(中略)川柳を上手になりたい人は、この句集を手垢で真ッ黒にするかもしれません」と書かれている。

また、跋文の礒野いさむ現番傘主幹は「散二川柳は一見、スラスラ作られているようにみえる。やさしい言葉、平明な詩語で綴られている中で、すぐれた技巧に織りなされている」と述べて、次のユーモア句を挙げておられる。

新聞社では新聞をみなかつぎ　散二
蓮根を掘る蓮根のような腕　〃
千円の会費千円飲んでくる　〃

この散二句集の編集には、古下俊作、岩井三窓、森中惠美子氏らが携わっておられるが、丹念な編年体をとり、スタートの昭和八年は十四句、三十年は五十句、最後の四十六年は十九句というように目次に記されている。作品はいずれもその年の世相を活写している。

履歴書はあとからでよい鉄工所　（昭和15年）
定期券少女は鈴の音で見せ　（同23年）
漱石へ梯子をかける古本屋　（同24年）
もう二つ生めば見舞に行く卵　（同24年）
しまいかと思えば続くベートーベン　（同25年）

第三句は、省略の妙。棚の上の全集か。第四句、鶏卵は病気見舞いの品として貴重であった。第五句、当時ベートーベンを聴ける機会はごく限られていたから、曲の構成もよく分からないまままただ感激して聞き入っていた。

樟脳がなんだと虫が穴をあけ　（同25年）
アルバムにだんだんうまくなる写真　（同25年）
魚屋の夫婦は同じ靴をはき　（同26年）
小説家だけが起きない鎌倉市　（同26年）
ハンカチを若草山へ二枚敷き　（同26年）

第四句、鎌倉には夜中に執筆をする文士が多く住む。当然朝は遅い。第五句、当時も奈良の若草山は恋人たちのデートコースであった。

スケートに暫くひまな右の脚（同26年）
名前だけ書けて四月を待つこども（同26年）
自転車で隣村から来て踊り（同27年）
十円のちがい金魚の尾がきれい（同28年）
小説新潮みな道ならぬ恋をする（同28年）

第一句、左脚で滑っている間の右脚。第三句、隣村の盆踊りへ恋の出会いを求めていく若者たち。足の便は自転車である。第五句、月刊誌の恋愛小説全盛。その筋書きは道ならぬ恋。

写真屋が来て花嫁の手にさわり（同28年）
仲よしの色みな違うソーダ水（同28年）
女子寮を八百屋お七が抜けて出る（同30年）
接触のわるい電気のような恋（同30年）
墨汁の中へ落とした筆の首（同30年）

戦後の日本はさほど豊かではなかった。散二さんが庶民生活を見た目は確かであり、その描写は新鮮である。

日本の歴史お寺をすぐに焼き　（同35年）
段々畑同じみょうじの多い村　（同36年）
花切手日本は花にことかかず　（同36年）
うちの社の山本富士子茶をくばり　（同37年）
ゴミを捨てるなゴミを捨てるによい所　（同37年）
食券を買わすにぎりはうまくなし　（同40年）
自分でも高いと思うやきいも屋　（同42年）

世の中の何ということもない事象を捉えては川柳のまな板に載せる。今から四十年以上前に散二さんが見つけた「ほんとのほんと」は、今も変わっていない。

18 辛味と恋のユーモア川柳

真面目な性格の人はユーモアが苦手であると言われている。また女性は男性よりもユーモアのセンスが少ないと言われる。私はそのように十把一絡げに言うことは適切ではなく、置かれた立場や育った環境によるのではないかと思っている。

今回は、クリスチャンである竹田光柳さんと、テレビなどで大活躍中の川柳作家やすみりえさんの句集から、ユーモア句を取り上げることとしたい。まず、光柳さんの第二句集『一粒の麦』（新葉館出版）は、新約聖書のヨハネ福音書からその名をとられた。高校教師を勤められた氏は、冒頭に述べた真面目な人である。

句集の章立ては、「共生の視座」「摂理の滴」「光と影」「竹の子」と固い。句にもしばしば宗教に関する言葉が出てくる。しかし、それでも人間はユーモアを失うことはできないし、むしろユーモアによって心を救われることが少なくないのである。

重箱の底はつつかぬ保身術　　光柳
知らぬ間にキリトリ線の外にいる　　〃
前向きの話の方に耳も伸び　　〃
責任を持たない顔がよく笑い　　〃
実行が絡むと縮む夢の幅　　〃

第一句、保身術はどんな立場の人にも必要である。重箱の隅でなく「底」がおかしい。固い抵抗感に撥ね返されるだけで保身にはならない。第二句、キリトリ線は単なる点線に過ぎないが、右左どちらに身を置くかでは大違い。再び帰ることのできない線を意味する。第三句、「耳が伸びる」とは楽しい。「前向きの話」は正義の話と同じで、終いまで聞いても分からないことが多い。マンガになる句である。第四句は極楽で見られる顔。この世から「責任」がなくなったらこれほど愉快なことはない。第五句は第四句を裏から見たところ。夢や理想を説く政治家は「実行」のことなど考えてもみないだろう。

人生を豊かにさせる好奇心　光柳
勲章の好きな男の回顧録　〃
マニュアルの通りに笑うバイトの娘　〃
十字架を背負い直した余命表　〃
暇出来た時は先立つものが消え　〃

第一句、「好奇心」がなかったら結婚などできない。宇宙へ行く気にも総理になる気にもならない。好奇心なしに金だけ欲しがるから、碌なことをしないのが今の世相。第二句、勲章を追い求めない男の回顧録にはメリハリがなくつまらない。第三句、万事「マニュアル」である。マニュアルどおり戦争をし、「マニュアル」がないと子も産めずに少子化に陥る。第四句、長寿社会はいいことばかりではない。残る寿命の長さにため息をつきながら十字架を背負い直す姿こそ哀れである。第五句、暇と金は両立しない。定年で暇はできるが、例のものがない。

生き恥をさらす仕事は妻に伏せ　光柳
本当の無欲は怖いものと知り　〃
善人の顔で出てくる懺悔室　〃
十戒のどれも守れぬままに老い　〃
腐葉土になれればと資料積み重ね　〃

第一句、妻にははしたない仕事姿は見せられない。生活の糧を稼ぐのに恰好など構っていられないのだが。第二句、「本当の無欲」は、あるがままの姿である。見栄を捨てれば怖いものはなくなる。とは言え、命まで投げ出されても困る。第三句、懺悔をすると顔だけは善人に還る。第四句、十戒は神がモーゼに命じた十の戒め。次のようなことを禁じている。①他の神の崇拝、②偶像の崇拝、③神の冒涜、④週一日の安息日の労働、⑤父母に対する不敬、⑥人殺し、⑦姦淫、⑧盗み、⑨偽証、⑩隣人の所有物への欲張り。全部守れる人はいないが、句のようにひとつも守れないというのもおかしい。第五句、腐葉土は落ち葉や食べ物の残りかすなどを積んでおいて作る。資料を積めば、脳の有機肥料になるという発想は面白い。

カリスマの耳は喝采だけ聞こえ　光柳
広い視野持たせた子らが戻らない　〃
祈ることばかりで支え合う夫婦　〃

第一句、カリスマは人の話など聞かない。ただし、褒め言葉だけは例外で、耳に心地よい。第二句、先生は子どもらに広い視野を持たせようと教える。ところが、ひとたびその価値を知った子どもは、二度と狭くるしい考えには立ち戻らない。第三句、及ばない人間にとっては祈ることしかできない。祈るには金は要らない。祈りさえすれば、夫婦も世界も支え合うことができる。

光柳さんのユーモア句には、笑いとともに聞き流せない辛味があった。

場面は一転。次は、明るい恋の句をそのまま題名とする、やすみりえさんの句集『ハッピーエンドにさせてくれない神様ね』（平成十八年、新葉館出版）からユーモア句を頂く。句集は、りえさんの十数点のモノクロ写真がやわらかくムードをかもし出しており、見るだけでも楽しい。跋文の小川英晴氏（詩人）は「やすみりえの世界に入ってゆくのに難しい理屈はいらない。素直にその句とひびきあえばそれでよい」と書いている。

しあわせになりたいカラダ透き通る　りえ

試運転　うわさの多い彼だもん　〃
からっぽの私を包むバスタオル　〃
あの人の肩は小雨の匂いして　〃
害のない男を誘う金曜日　〃

第一句の「カラダ透き通る」、女性は男にない感覚と言葉を持っている。これ以上にしあわせ願望を言い尽くせる言葉があろうか、と一瞬思った。この句に比べると、表題の《ハッピーエンドにさせてくれない神様ね》の句はちょっと恨みがましく、捨て鉢な感じさえするが、その危うさがまたたまらない。春の嵐のように変わりやすい女心は見ているだけなら楽しい。この二句を男が詠めば、どんなことになるであろうか。第二句は、用心深く現実的な女性の下心を絵に描いたようである。下五の鼻にかかった女ことばに男は吸い寄せられる。第三句は視覚的である。「からっぽの」は好きな男に身も心も奪われた自分を言っているのであろうか。「バスタオル」の淡い色までイメージできる。第四句、「あの人の肩」にはいま過ぎ去ったばかりの時間が感じられる。「小雨の匂い」は男の鼻には通じない。眼を瞑った女に匂う香であろう。第五句、これは虚仮《こけ》にされた男にも分かる。レストランの支払いを済ませたら、そこで「バイバイ」される。

だあれにも返さなくっていいあなた　りえ
消去法　もうお静かに願います　〃
角砂糖ふたつ溶かして　失恋忌　〃
片隅で仮眠中です　嫉妬心　〃
最初はグー　そんな男はいらないの　〃
もう少し食べたいとこで終える恋　〃

第一句、女性の目からは誰かにお返しする男と、その必要のない男とがある。返す相手は男の妻であったり、彼の元の恋人であったりする。「返さなくっていい」男は自分に取り込み済みという自信である。第二句、気のある男をずらりと並べて消去法にかけている。消去された男には「お静かに」と命令口調で黙らせる。そうかと思えば、第三句は失恋模様。角砂糖を相手の分も入れているところは抵抗力そのものである。「失恋忌」はしおらしいが、コーヒーを飲み終わるまでのほんの一瞬のことであろう。第四句、女性の「嫉妬心」は男ほど強くない、というのが私の見方である。仮眠しているうちに忘れてしまうこともありうる。第五句、はじめは恋のルールも公平に見える。しかし、次からは運と実力の勝負である。「グー」にこだわっている男はお呼びでない。第六句、恋も最後は腹八分目が華である。飽食のあとにダイエットをするのも慣れてはいるが、「もう少し食べたいとこ」を見極めるのも女性の得意技である。

ここにあげた句はいずれも絵になりそうだ。二度目に見るときにはマンガになっている。どの絵にも女という猫が男というネズミをからかっているユーモアが漂っている。

19

自分の弱さを客観的に見つめる

人は誰でも病気になるし、ときには回復の望めない重病に悩まされることもある。そんなときにでも最後まで希望を失わず、ユーモアの心を持ち続けることが大切である。今回は山本良吉さんの遺句集『夜の夢昼の夢』から作品をご紹介する。

病気には日曜はなし休診日　良吉

療園の救らいの日のお赤飯　〃

病室は自分の金で盗み食い　〃

全盲になってもこれでよい眼鏡　〃

臨終前夜十八日九時作
痛いなあここと命がある証拠　〃

第一句は、休みのない病気に休診日があるという風刺。第二句は、「救らいの日」に赤飯の出るちぐはぐな感じ、第三句、禁じられているとはいえ、自分の金で自分がする「盗み食い」の矛盾、第四句、失明して見えないのだから眼鏡をかえることもない、という割り切り。第五句は、命があるからこそ痛みを感じるのだという発想の転換。どれも病に打ちひしがれてはいない。

良吉さんは、大正六年徳島県生まれ。年少の頃にハンセン病を発症し、昭和十一年に岡山県の長島愛生園に強制収容された。以後、昭和十六年に群馬県草津の国立療養所栗生楽泉園に移り、昭和五十二年十月十九日に六十歳で亡くなるまで、長い闘病生活を送られた。顔面・上下肢の運動麻痺、全身の知覚麻痺、昭和三十九年には全盲、長い病臥による胃腸障害、難聴、最後は膀胱、直腸の炎症性腫瘤を発症された。こうした状態でも絶えず自分を客観視し、ユーモアの心を忘れなかった。昭和十六年結婚、同三十四年に川柳を始め、「川柳きやり」「川柳研究」などに投句した。

故郷捨てれば向こうでも捨てていた　良吉

新薬のおかげへ残る後遺症　〃
お隣が留守だったので見舞われる　〃
死に欲と無欲どっちも死が近し　〃
人の世にのさばる病だれの数　〃

第一句、強制収容された自分は故郷には帰れないが、故郷の人々も自分を見限っているという諦め。明治四十年に制定されたハンセン病予防に関する法律は平成八年に廃止され、外出制限などの差別的な措置はなくなったが、それまでの九十年間は人権侵害、強制収容などの悲劇があった。第二句、新薬は効果があるが、それなりの後遺症もある。第三句、隣の病床はたまたま留守で、代わりに見舞われたという中途半端な気持ち。第四句、「死に欲」という悪態がある一方で、「無欲」という褒め言葉もある。どっちにしても自分の死は近いという冷めた目。第五句、「病だれ」のつく字数はいくつあるだろうか。角川の『漢和中辞典』で引いてみると、痛、痒、痩、病、癌など一二〇字近くある。句では「のさばる」という罵りの言葉が言い得ている。

窮すれば通じ点字を舌で読み　良吉
あられもない恰好になり診てもらい　〃

病む顔に重なってゆく年のしわ　〃
盲人が耳で描いた目鼻立ち　〃
手を病んで手相蒸発してしまい　〃

良吉さんは淡々と詠んでいるが、ハンセン病の症状を想像すると、たまらない思いが伝わってくる。第一句、このとき作者はすでに全盲である。手にも症状が出ていて点字には触れることができない。舌で字を読んでいるのである。第二句、診察も患部の場所によっては恥ずかしい思いをしなければならない。第三句、顔にも発疹などの症状が出るが、それとは別に年相応のしわが出る。自分で鏡を見るのも辛い。第四句、全盲になると相手の顔を見ることはできない。話している相手の声や話題から顔や姿を想像するしかできない。たぶんこういう顔であろうと想像する。第五句、この病気で手を病むと、手の平もまともにはいられない。手相が「蒸発」するという表現は真実みを帯びている。

ベッド哀れお願いしますすみません　良吉
寝たきりで貰うばかりの旅みやげ　〃
盲目を目覚めの刹那意識する　〃
見えそうな目だけどねえと妻は言い　〃

風に触れ盲人崖かなと思い 〃

第一句、患者は会話でどんなことを言うであろうか。医者、看護師、隣の患者、見舞客、その誰に対しても世話になるばかりである。そのときの言葉は、「お願いします」「すみません」。第二句、自分の見舞客、隣の見舞客から、旅みやげを頂くが、寝たきりの自分はお返しをすることができない。旅みやげにも負い目を負うばかりである。第三句、眠っている間は盲目であることを意識しないでいる。朝、目が覚めたとたんに否応なしに見えない眼であることを気付かされる。第四句、妻との率直な会話である。「見えそうな目」そして「見えて欲しい目」。だが、現実は「見えない目」なのである。第五句、表に散歩に出ても、先は見えない。ふと風を感じて、もしかして崖ではないかと危険に思うのである。

盲人が外にあふれる大掃除 良吉

見舞客帰って尿器引きよせる 〃

混浴のよさ付添ったままで妻 〃

見舞客聖書をちょっと読んで行き 〃

盲人の見舞に使う花があり 〃

第一句、大掃除のときに患者はいったん病室から別の場所に移されるが、その状況を「外にあふれる」と面白く表現している。第二句、ごく普通の気持ちであるが、さらりと言ってのけている。第三句、妻に付き添われて入浴するのは病気故であるが、それをあえて「混浴」と言ったところに心のゆとりが感じられる。第四句、枕もとには聖書や経典が置いてある。良吉さんも日蓮正宗に入信されていた。見舞客が話の合間にそれをちょっと手に取るのも自然な動作であり、そのことをさらりと詠まれた。第五句、目が不自由だから花を見舞いにもらっても見ることはできないが、香りはするし、その行為がうれしい。ここではちょっとすねた表現を楽しんでいる。

以上は病床の良吉さん自身を詠んだ句をご紹介した。川柳には他人や社会を客観的に詠むものと、自分自身の内面を主観的に詠むものとがある。江戸川柳の多くは客観句であり、現代川柳、特に戦後の六十年は主観句が多くなった。前者はユーモア句として詠みやすいが、後者は自分の心の中で思っていること、あるいは自分のしていることを書くだけに、ユーモア句として表現するのはやや難しい面もある。

良吉さんの病中吟もその性格上主観句が多く、笑える句は必ずしも多くはないが、それでも自分の弱さを冷静客観的に見つめたとき、心のゆとりをもって作句に臨んだとき、ユーモアの視点で詠んでおられる。ユーモア川柳を詠むことにより、きっと病の苦しみを乗り越えることができたものと思う。
このほか、良吉さんには病状を離れたユーモア句もある。天性のユーモアを持っておられたことが分かる。以下にご紹介する。

その逆を言う諺もちゃんとあり　良吉
選挙マイク一人称を撒きちらし　〃
元肥に根がとどいたか蔓が伸び　〃
ぞうきんはみな異なった過去を持ち　〃
盲人と話してるうちふと手まね　〃
先生という敬称で間に合せ　〃
もう虫歯予防デーには縁なき歯　〃
有る人は借りずない人へは貸さず　〃
広告の残部僅少まだつづき　〃
一度つぶやいて記憶のたしにする　〃
新薬は新薬灸は灸で効き　〃
もむ手にはかなわぬ電気マッサージ　〃

白衣着たままで年とる除夜の鐘　〃
目の色と口の言葉はもと一つ　〃
十本の指がみな要る願い事ごと　〃
死んでから医者ほんとうのことを言い　〃

20 大衆性とユーモア

平成二十年十月十二日、「なら一〇〇年会館」で創立百年の記念大会を催した「番傘川柳本社」が『番傘川柳百年史』を記念発行した。

『番傘』創刊号は大正二年（一九一三）一月十五日に大阪で発行された。同号の巻頭句は、「上燗屋ヘイ〳〵〳〵〳〵と逆らはず　西田當百」であった。この句の「上燗屋」は屋台の燗酒売りであり、当時の庶民生活がオヤジと客とのやり取りの会話によって生き生きと描かれている。客のちょっとした難題を軽く受け流している屋台の風景は、番傘川柳の大衆性そのものであり、そのおかしみは今日に引き継がれている。作者に女性が増えたり、客観描写が主観表現に変わってはきても、庶民好みのおかしみには変わりはない。『番傘』誌平成二十一年五月号を繰ると、次のような句に出会った。

自費出版これが私の遺産です　真弓　明子
アンパンで機嫌がなおる女です　天広　朱美
柏餅さあさあたんと召しあがれ　進藤すぎの
少し酔ってお酒が好きになりました　鈴木　咲子
夢の中時どき恋をしています　犬飼寿美子
出てほしい時に涙が出てこない　末富優美子
コーヒーで充電してるお母さん　河野　裕子

大正初めの大阪、『番傘』の庶民感覚を見る思いで、当時大阪の出版社・立川文明堂から出された「立川文庫」の豆本、雪花山人著『真田三勇士忍術名人　猿飛佐助』（大正三年刊の復刻版）をめくってみた。同書原本は二三二ページ、天金クロス製、ケース入りで、二十五銭。忍術使いは、権力や強者に立ち向かい、庶民に味方する頼れるキャラクターである。各章の書き出しは、しばしば耳慣れた「ことわざ」で始まる。これも安心のもとである。
「虎は死して皮を遺し、人は死して名を遺す」で始まる猿飛佐助は、「真田幸村の郎党にして、七人勇士の随一と呼ばれ、変現出没極まりなき快男子」であった。現代川柳は、教育的な「ことわざ」表現を、常套的でありユーモアに欠けるとして退けてきた。しかし、今日のように社会が乱れ、弱者を餌食にする犯罪が多発する世になると、ときには猿飛佐助のような正義の忍術使いが、大力自慢の三好清海入道を手下にして現れる筋立てに小気味よさを感じる。

引かれている「ことわざ」は、「窮鳥懐に入る時は、猟師も之を獲らず」「人を呪わば穴二ツ」「馬鹿に附ける薬はない」「薮を突いて蛇を出す」「悪にも強きものは善にも又強し」「過って改むるに憚る事勿れ」。川柳と「ことわざ」の関係も再考の価値がなくはない。新しいユーモアが見られるかもしれない。

話が脱線したが、今回はＮＨＫ学園川柳講座編集主幹で、番傘川柳の伝統をしっかりと受け継ぎ、ユーモア川柳作家として著名な大木俊秀氏の川柳句集『満天』（武蔵野文學舎刊）から作品をご紹介する。同書は、「季」「莨」「雑」「女」「農」「命」「恋」「家」「妻」「酒」の十章からなる。氏の句は評釈を必要としないが、章の順番に挙げていく。

大根がおいしいだけで冬が好き　　俊秀

バカでよい風邪は引かないほうがよい　〃
スプリングハズカムセーターの胸に　〃
あじさいを抜けて涙はむらさきに　〃
茄子の背へこわごわと乗る新仏　〃

第一句は氏の好きな句。言外に好きな酒がある。第二句、バカは風邪を引かないとする俗諺を風刺。第三句のセーターはもちろん女性。第四句、どんな涙か色彩か。第五句、新仏を招く俗信の茄子の馬。

煙草ひとやがては市中引き回し　俊秀
断崖に追い詰められたスモーカー　〃
指五本五七五のためにある　〃
モーツァルトを弾いてあげよう失意君　〃
自分史の自分を他人だと思う　〃

第一句は大のタバコ好きである氏の憂い。第二句も同じ。第三句、句のリズムを数えるところ。多分氏のことではないか。第四句、仕事がら励ましの必要も。第五句、文字に移すと自分を美化し過ぎる。

盛装のおんなの前のさつまいも　俊秀
抱き上げて欲しくて励むダイエット　〃
ハイヒール男の心の臓を踏む　〃
裏切ったおとこを廻す洗濯機　〃
豊作の案山子と交わすハイタッチ　〃

第一句は女性の好物だが、盛装とミスマッチ。第二句、勘ぐり過ぎ。第三句の尖ったヒールは男心に食い入ろう。第四句、洗濯中の男の下着から恨みへと発展。第五句、無邪気な案山子との交歓。

通夜の客まるでパールのコンクール　俊秀
お悔やみは変口短調にて申す　〃
温泉へ前立腺をあたために　〃
あじさいの隠し男かかたつむり　〃
祝電の二つ三つは恋がたき　〃

第一句は通夜の女性客の礼装パターン。第二句、日ごろとは違う調子と音程で弔意を。第三句、温泉のくつろぎで前立腺を意識。第四句は紫陽花と蝸牛の親密な関係。第五句、負けて悪あがきはせず。

忙中閑恋する猫が顔洗う　　俊秀
D51に目鼻つけると父の顔　　〃
お茶がわりなどとうれしい泡が出る　　〃
冥福をお祈りしては飲んでいる　　〃
盃に散る花びらも酒が好き　　〃

第一句は忙しい人の形容を猫に借用。第二句、機関車は働く父の顔に似る。第三句、お茶がわりはビールの謙譲語。第四句、他人の死はあくまで他人事。第五句、酒好きの感情移入。

Ⅲ

ユーモア川柳はもっと楽しく簡単に作れる。

21 他の定型短詩のユーモア

定型短詩としては、川柳と同じ五七五の俳句、五七五七七の短歌、それに七七七五の都々逸がある。俳句と短歌は文語、主に旧かな遣いで書かれるが、川柳や都々逸は口語、原則として現代かな遣いで書かれる。俳句にも一部には口語俳句や無季俳句があるが、新聞の俳句欄をご覧になっても分かるように、普通は文語で季語や切れ字を用いる。

季語は、春夏秋冬、それに新年に分類し、季節を象徴する詩語として使われる。季節を表す言葉であれば何でも季語かというと、そうではなく、季語として俳句の世界で認められたものだけが、季語として通用する。俳句を作る人は季語を集めて解説や例句を収めた『季寄せ』(角川書店)や『季語辞典』(日東書店)などを持ち歩くことが多い。普通に「花」と言えばいろいろな花があるが、季語としては桜、季節は春と決められている。同じように、「月」は秋の季語となっている。「花」も「月」も一番美しいとされる季節の季語となっている。主に人間を詠む川柳では、花にも月にもそのような特別な意味を持たせることはしていない。

「切れ字」は「〜や」とか「〜かな」「〜けり」のように、文章をそこでいったん区切る詩語である。俳句を作る人でも、俳句以外の場でこういう言葉を使うことはほとんどないから、これも俳句の世界の特殊な約束事といえる。

他方、都々逸であるが、中道風迅洞著『どどいつ万葉集』(徳間書店)によれば、都々逸にも、古典と現代都々逸がある。私のよく知る川柳人で都々逸を作っている人も少なくない。人間をテーマとし、男女間の機微をよく詠み、ユーモアの視点を持つなど、川柳と都々逸には共通するところが見られる。以下、何人かの川柳ベテランの都々逸を右の書からご紹介する。

昔の女に似た面ざしに帰りそびれた夜の酒
伊藤　正紀

なめこおろしのなめこが逃げて箸もしたたか酔っている
加茂　如水

遠い花火の音ききながら線香花火の子にまじる
志水　剣人

二番までなら歌える校歌恩師も一緒に肩を組む
野谷　竹路

ところで、（社）全日本川柳協会では優れた個人川柳句集に対し、毎年川柳文学賞（賞金十万円）を贈ることにしている。第二回目は、五名からなる選考委員会（委員長・大野風柳氏）により佐藤美文句集『風』と決まり、平成二十一年六月二十七日の札幌全国川柳大会前夜祭で表彰される運びとなった。今回は、同句集からユーモア句を選んでご紹介する。

正論のガラス細工を弄ぶ　美文
おもちゃ箱兵器も精度上げている　〃
定型に骨埋める気で指を折る　〃
広辞苑老後豊かにしてくれる　〃
憎めない顔も一つの処世術　〃

第一句は正論のもろさを風刺する。通用しそうな正論は、しばしば現実論に圧倒されて声を落とす。第二句、子どものおもちゃ需要は、絶えず最新最強の兵器をモデルとする。だが、作者はむしろ日本の軍事力、大人のおもちゃ箱のことを言っているのかも知れない。第三句、定型は十七音である。死ぬまで川柳を作るのに指を折って字数を数えているのは作者自身であろうか。第四句、広辞苑は確かに老後の文芸趣味を豊かにしてくれる。昼寝用の枕とまでは言わないが。第五句、整って隙のない顔よりは、少し緩んでいるほうが相手の警戒心を解くことができる。

王様の顔で回転寿司ならぶ　美文

肩書きを並べて道が片づかぬ　〃

不況風街は早寝に慣れてくる　〃

約束を思い出したか雨上がる　〃

じゃん拳に勝てる拳を妻は持ち　〃

第一句、回転寿司によってすしは高級品のイメージではなくなったが、消費者は王様というおだてを払拭することはできない。第二句、道路の掃除や工事か、あるいは人生の道か、なまじ肩書きなどを持たない人たちのほうが理屈を言わない分、仕事が捗る。第三句、不況で客が金を使わなくなり寄り道をしなくなる。一足飛びに早寝するところがおかしい。第四句、止まない雨はないというが、それを擬人的に約束ととらえたところが愉快である。第五句は夫婦間の権力関係、かかあ天下。最近はＤＶが問題となっているが、妻に拳を上げるような男にロクなものはいないと思う。

いきり立つカレーの匂いさせながら　美文

振り出しへ戻って金のない話　〃

転た寝を下手なピアノに起こされる 〃

二泊三日で種切れのフルムーン 〃

贅沢は敵貧乏は大嫌い 〃

第一句は「いきり立つ」で切れるのであろう。カレーの辛みとあの匂いは煽動的であるから、食べたあとに出てくる言葉もさぞ激しかろうという想像はつく。第二句、金の話はないものはない。何度振り出しに戻っても同じことである。第三句は特別の意味はなさそうだ。寝ているほうが転た寝ならピアノを弾くほうも遠慮はない。第四句のフルムーンは旅行会社の商品名。暇のある定年後の夫婦が一緒に旅をするセットであるが、毎日顔を合わせている相手であるから、話はすぐ種切れとなるのも当然。第五句の「贅沢は敵」は戦争中の標語。一音追加したパロディーのほうが格段によかった。「贅沢は素敵」。

したたかさばかり残して顔の皺 美文

本積んで本の隙間の世界観 〃

政治家がつまらなくなるクールビズ 〃

頷いてやれば気のすむ悩みごと 〃

地下鉄の出口で傘が開かない 〃

第一句は顔のしわの価値。苦労した証し、老化による水分不足、したたかな精神力、どれも「セラヴィー」(それが人生さ!)である。つるんとした顔には物語がない。第二句、世界観というと、哲学的で広大で立派だが、所詮は本からの受け売りに過ぎない。その本も読んでいないとなると、隙間の世界観か。第三句、大言壮語にふさわしいのはダークスーツにネクタイ姿である。第四句、愚痴は聞いてもらえば治る。同情心よりも耳が欲しいのである。第五句、地下で傘はいらない。要るときに開かない傘は、百円でも高い。

22 夫婦で楽しむユーモア川柳①

今回は、西日本の川柳作家の句集からユーモア句をご紹介する。

江戸発祥の川柳は、口語体・五七五による人間諷詠詩として多くの愛好者を獲得した。戦後六十余年を経た今日の日本では、平和で豊かな社会に住みなれて、川柳人の数は増えたものの、骨柄は小さくなっていはしないかと恐れる。情報化にかまけて、地方色をなくし、取るに足りない平等を唱えているうちに、大不況や地球温暖化まで川柳のテーマから手放してしまっているような気もする。川柳のよさは何かを考えるとき、人を愛するユーモアや真実追及の風刺を薄めないようにしたい。

はじめに、三重県の宮村典子さんの句集『夢』(平成十八年、新葉館出版)から。いい夢は他人をも楽しませる。

整理する棚から夢が落ちてくる　典子

前髪のカールぐらいの浮気性　〃

毒吐いて少し綺麗になりました　〃

プラトニックラブともだちのまま老いる　〃

我慢の限界　鈎括弧を外す　〃

第一句、「棚から落ちてくる」無難な夢がよい。当てにし過ぎると喧嘩や不幸の元になる。第二句、誰にでも浮気心はある。「前髪」のある人が私は羨ましい。第三句、毒は溜めないほうがよい。それで綺麗になるのならなおさらのこと。第四句、無駄な「ラブ」はするものでない。第五句、ムンクのあの絵をみると「我慢の限界」が分かる。

天地無用　人は傷つきやすいもの　典子

人間の巣だ座布団が敷いてある　〃

ワタシより偉い人から頼られる　〃

家事ロボットが一番好きなのは昼寝　〃

ふたつ返事してから嘘を考える　〃

第一句、人は桃よりも脆い。第二句、そう言えば動物園で「座布団」をみたことはない。第三句、頼り癖のある上司には肩すかしがよい。第四句、主婦ロボットの生態か。第五句、「ハイハイ」には「マユッバ」。

そっぽ向く時も笑顔を絶やさない　典子

人文字の撥ねたところに居るわたし　〃

運命と別なところにあるいのち　〃

色付の輪ゴムで春を束ねよう　〃

熱病のように最後の恋をする　〃

第一句、夜店で「笑顔」のお面を買うこと。第二句、目につかないで存在感がある位置。第三句、占いの筮竹に「いのち」が分かるはずがない。第四句、ブランド物など買わずに輪ゴムを買うというよい心がけ。第五句、「最後の恋」は水枕で冷やすとよい。

次に大阪の中田たつお・岩田明子さん夫妻の句集『あさか』（平成二十年、新葉館出版）

をご紹介する。お二人はともに番傘川柳本社の同人。たつおさん（註：平成二十三年逝去、享年七十六）は、平成九年に『森ノ宮』という第一句集を出されたが、それは、番傘句会に二十六年連続出席というすごい記録達成の記念でもあった。「森ノ宮」も「浅香」も大阪、JRの駅名である。まず、定型に拘りを持ったつお作品から。

仏壇の埃妻にも職がある　たつお
飲むだけで痩せるお茶なら飲んでみる　〃
後半は息子が払う棟を上げ　〃
献体のサイン夫婦の気が揃う　〃
無理をせず箸でいただくフルコース　〃

第一句、職を持つ妻への労わりの気持ち。第二句、痩せられるという商業広告への風刺を込めて。第三句、めでたいながらもローンは長期。第四句、どちらが先に逝っても献体。そこにも気の合う夫婦がある。第五句、ナイフとフォークは苦手でも箸ならお手のもの。

手のとどくとこにし瓶と魔法瓶　たつお
狂わない時計は妻が持っている　〃
ライバルの絵馬より高く絵馬を吊る　〃

生き字引にもリストラの風が吹く　〃
肩を叩かれてすべてが狂いだす　〃

第一句、し瓶と魔法瓶は老いに身近なインプットとアウトプット。第二句、妻の記憶の正確さは頼りになるが、ときには疎ましく。第三句、「ライバル」意識はこんなところにも。第四句、若い生き字引はいないから。第五句、の「肩叩き」は退職勧告とは限らない。新しい人間関係の始まりにもなる。

旧交をあたためにゆく診療所　たつお
雑念を時どき醒ます鹿おどし　〃
韓流のドラマで涙もろくなる　〃
葬儀社の見学会を見くらべる　〃
同じことばかり聞き合う老いふたり　〃

第一句、同病の友とも励ましの交流。第二句、竹が石を打つ澄んだ響き。ゆっくりとしたリズムは外国にない。第三句、ヨン様ドラマは日本人が失った心を見せてくれた。第四句、経済観念は葬儀にも働く。第五句、耳も遠く、記憶力も衰えた。互いに確かめ合う夫婦もうるわしい。

次いで夫人の岩田明子さんの作品から。相聞川柳の手本にもなる。

カタカナをふって第九を歌う会　明子
カクテルを作るしぐさも理工系　〃
ジーパンの長さと足が折り合わぬ　〃
再生紙ですと書かねば乗りおくれ　〃
トクホンが匂う職場のOA化　〃

第一句、ドイツ語にして力強い「歓喜」が伝わる。ただし、意味は不明。第二句、ビーカーを振る仕草か。第三句、ジーパンに足を合わすのだ。第四句、環境問題もファッションである。第五句、老いのIT学習は肩が凝る。

日本一短い夫との会話　明子
パソコンは嫁雑学は母の勝ち　〃
三浪の部屋念仏が洩れてくる　〃
ペアルック早く脱ぎたいお父さん　〃
金比羅の途中で膝が笑い出す　〃

第一句、「日本一短い手紙」のパロディー。愛さえあればよい。第二句、嫁姑が補い合うことはないから、勝負！　となる。第三句、今回の最高傑作。「念仏」には脱帽する。第四句、「ペアルック」は子持ちの着るものではない。第五句、一一五九段は思い出しても「膝が笑う」。

鯛の目の下は夫にとっておく　　明子
シニアです今日も映画に参ります　〃
シェルターを互いに持っている夫婦　〃
大鍋のカレーに三日攻められる　〃
葬儀社にレベルダウンを言い出せず　〃

第一句、一番おいしいところを夫に、という夫婦愛。第二句、大画面の映画は暇なシニアに持ってこい。第三句、書斎という「シェルター」が欲しい。顔を突き合わすと言わずもがなの言葉が出てしまう。第四句、「カレー」は大好き、でも三日朝昼晩と続いては。第五句、「どうせ焼くのだから」とは禁句。

それにしても、ご夫妻の句風のよく似ていること。

23 ユーモア川柳作家・古下俊作のテクニック

昭和三十年代後半に大阪で川柳を始めたころ、「番傘川柳本社」には私の尊敬するユーモア作家がいた。

北浜の証券会社におられた金泉萬楽氏、電電公社（NTT）京都山科電話局長をされた古下俊作氏、元大阪市役所勤務の田中南都氏の三方である。句会ではその名句に笑わされた。それぞれ『北浜』『川柳・古下俊作集』『田中南都川柳集』という句集を出している。

今回は『川柳・古下俊作集』からユーモア作品をご紹介する。

俊作氏とは当時、大阪での句会でよくお会いした。胸ポケットに携帯ラジオを忍ばせ、イヤホンでNHKの「話し方教室」を聴いて勉強していた。「シュン　サク」という歯切れのよい呼名が耳に残っている。

氏には先天的とも言えるユーモアの視点があり、句会での講話にもその片鱗が見られた。句会での川柳作品と呼名の取り合わせの面白さを次の例で話されたことがある（昭和六十年『番傘』)。今日の川柳界ではこのような見つけ、軽い笑いを話される方は見かけない。

欠勤の電話へ咳も入れておき　呼名(ハクソン)辰谷　白村

深夜ふと目覚め下五を改める　呼名(推敲)山本　翠公

新幹線でも編む癖が出てしまい　呼名(毛糸)山田　圭都

さて、俊作氏のユーモア句を次に二十五句あげる。

寄せ書きのように寝ている子沢山　俊　作

デボチンは叩かれ損で蚊を逃がし　〃

ウイスキーだけが捗る原稿紙　〃

秀才の恋凡人の知恵を借り　〃

舞台暗転自分の死骸片づける　〃

第一句、「寄せ書き」というたとえが秀逸。第二句、「デボチン」は大阪弁の「おでこ」。第三句、手のほうは口ほどに動かない。第四句、恋の手管は本を読んでも会得できない。第五句、俊作氏は芝居好きであった。死ぬ役で幕が下りたあとの話。

団交の敵方にいる好きな人　俊　作

先生の方も持ってる虎の巻　〃
誘拐のようにマネキン担がれる　〃
幼稚園拾い集めて連れてくる　〃
頑なところも無形文化財　〃

第一句、団体交渉では、好きな女性が交渉委員として登場することもある。第二句、「学習指導要領」も虎の巻の一種か。第三句、マネキンが担いで運ばれる様。第四句、園児たちを家まで迎えに行くバスはまさに「拾い集め」ているようだ。第五句、芸術作品の作者には得てして一途なところがある。

熱帯魚同士がツンとすれ違い　俊作
親指を出すと人さし指を唇《くち》　〃
冷蔵庫たまごにだけは指定席　〃
いさぎよくおごって電車賃を借り　〃
ウインクに音がしそうなつけまつ毛　〃

第一句、魚の顔を「ツン」と不仲の人間に見立てたところがおかしい。第二句、「親指」は家の主人、「人さし指」は沈黙のサイン。第三句、玉子は冷蔵庫の扉が定位置。第四句、気前のよさは金銭感覚のなさでもある。第五句はまつ毛の誇張表現がおかしい。

ニューモード女の背に窓をあけ　俊作
消防車いても立ってもおれぬ音　〃
個性美を整形外科へ捨てにくる　〃
舞台から見るとお客はよく食べる　〃
知多半島みたいモミ上げ剃り残し　〃

第一句、背空きの服を「窓」とは言い得ている。第二句、サイレンを聞いている人の気持ちを見事に形容。第三句、美人の象徴であるホクロも大きさと場所による。第四句、視点を役者でなく観客に向けると。第五句、モミ上げの形を「知多半島」という見つけは誰にもできまい。

お互いに君の弔辞はぼくが読む　俊作
初耳という顔で聞く思いやり　〃
親類に金持ちがいて何になる　〃
功成り名遂げたはよいが寝たっきり　〃
折角のボタンかけないのがお洒落　〃

第一句、双方で自分のほうが長生きすると思いこんでいる。人間誰しも先が見えないもの。第二句、相手が新しいニュースと思いこんで話すときの親切。「初耳という顔」に温かみが滲む。第三句、金の話になれば親類も当てにならないという真実をずばりと表現している。第四句、金よりも名誉よりも健康が第一という真理を裏から「寝たきり」という。第五句は背広の第二ボタン。あれは何のためについているのであろうか、と考えさせられる。

24 女性が詠むユーモア川柳

短詩型を趣味とする人は、自分の作品を歌集や句集にすることを一つの楽しみとし、あるいは人生の一区切りとしていることが多い。作者が亡くなられた後からでも、ご遺族が遺作集をまとめられることも少なくない。存命中にこの趣味に打ち込まれた証しとされるのには、短詩型が打ってつけなのである。たぶん他の趣味だとこのように手軽にはいかないと思う。

作品集の最大のメリットは、単に作品が記録されているだけでなく、生きてきた時代を通じて作者が何を考え、どのようなものの見方をしてきたか、という心の部分が覗けるという点にある。したがって、作品は上手であるに越したことはないが、そうでなくても構わない。大事なのは心である。

作品集は、昔のように作者の生の筆跡で残すことはできなくなったが、その分は書や絵画、写真によって生き生きと残すことができるようになった。私は機会あるごとに川柳句集や文集を出されるようにお勧めし、私自身もそのように心がけている。

今回は昭和四十年八月に刊行された、島根県の笹本英子さんの句集『土』から、農家の暮らしが滲む作品をご紹介する。英子さんは昭和三十九年八月に五十五歳で亡くなった。『土』の序文は師の岸本水府が一九六五年八月、ご自身の死の四日前に書いたものである。水府の装丁の文字『土。』が印象的である。

日本の子はしあわせなおんぶする　英子
停電をしおに女も寝るつもり　〃
屑屋にはやらず案山子に着せて置く　〃
すぐ腹の立つ人がみなしあわせな　〃
お茶碗の大中小とみな達者　〃

第一句、背に子をくくり付け両手を空けて仕事をするのは、日本の風習か。第二句、戦後はよく停電があった。夜鍋仕事は切りなく続く。電気が消えたのを潮時とするのはリアルだ。第三句、襤褸を屑屋に出すよりは案山子に着せたほうがましという感情は分かる。第四句、自分に正直だからすぐに怒りを表に出せる。第五句、大中小の茶碗は家族構成が分かる。みな達者がめでたい。

就職を人にたのんではがゆい日　英子
エプロンをやっとはずせたお月様　〃
わがことはそっと縮めて家計簿へ　〃
針仕事蚊遣りに頼む赤ん坊　〃
雨降れば儲けたように針仕事　〃

第一句、就職を頼むほうと頼まれるほうでは気持にギャップがある。第二句、エプロンは仕事の視点、月を見るときには無欲になれる。第三句、家計簿をつけるのは几帳面な主婦。自分のための支出は極力抑えている。第四句、「蚊取り線香に赤ん坊をあずける」表現が手柄。第五句、野良仕事と針仕事は両立できない。言い訳せずに針仕事に打ち込めるのはささやかな喜びである。

産み果てて産児制限聞かされる　英子
自転車に乗る嫁さんでよろこばれ　〃
不器量もさずかりもののありがたさ　〃
牛の尻たたくもつらい役目なり　〃
良縁と思うたこともなく老ける　〃

第一句、今ごろ産児制限の手立てなど聞かされても遅い。第二句、自動車のないころ、自転車で能率よくお使いをする嫁が喜ばれた。第三句、「不器量」を喜ばれるところが意外な見つけ。生まれつきの「器量」の良し悪しは遺伝とは言っても天の配剤に違いない。第四句、仕事ともなれば牛の尻を叩かざるを得ない。第五句、行き掛かりの縁は、悪くはないにしても必ずしも良いとは言えない。そうこうしているうちに、長いと思った一生を終える。

同権にあらずみとめて欲しいなり　英子
戦争が一つ残したモンペはく　〃
炬燵やめにして広々と子がねむる　〃
若返りましょうと夫の白髪を抜く　〃
老らくの恋出来そうな柄を着る　〃

第一句、男女同権を主張するつもりはないが、せめて女としての存在は認めて欲しい。第二句、戦争はすべてを奪い去った。残されたのが不格好なモンペである。第三句、炬燵を仕舞うと、少しはゆとりのできた子の寝相がある。第四句は夫婦の会話、是非はともかく白髪を抜くことは気分の若返りとなる。第五句、老いても恋は願望。外出にも少しは派手な柄を選る。

純潔をわれのみ守り来しおかしさ　英子
豊年とさわいでみても五反八畝　〃
腹立ちをアチャコの真似にしてしまい　〃
年始客帰ったあとの妻の春　〃
四つばいのわが人生か田草取る　〃

第一句、純潔の尊さは分かり過ぎるほど分かるが、失った対価には生きる人間としての快楽がある。第二句、冷静に現実を見つめれば騒ぐほどのことはない。田畑一七四〇坪からの収穫に過ぎない。第三句、大阪の人気漫才師アチャコの決まり文句は「ムチャクチャでござりまするわ」。第四句、年始客にはやはり妻の接待が必要。それがすんで妻のほんとの正月休みとなる。第五句、地を這うように田草を取る姿を作者の生き方に重ねる。

嫁ぐ日は指に化粧もしたものを　英子
初詣り犬が鳥居を先きくぐり　〃
生涯の壁に仕事着かけてあり　〃
付添いの安堵ベッドの下にねる　〃
たずなにも雨にもせかず牛は鋤き　〃

第一句、若くてきれいだったとき、その上に指先まで磨いていたことと、老いた今の化粧気のない顔との比較回想。第二句、何ということもないが、初詣での犬に焦点を当てるとおかしい。第三句、無造作に仕事着が掛かっている壁に「生涯」という形容が大げさでおかしい。第四句、病人が眠ると、ほっとして付き添いも眠くなる。その僅かな時間を「ベッドの下」がリアルである。第五句、急ぐことをしない牛の仕事ぶりを、「手綱」と「雨」から形容。

夕立の暑中見舞のように来る　英子
嫁ぎ来た倍もうれしい嫁もらい　〃
本人の意志にまかすと逃げて来る　〃
ラブレター書かぬ息子をはがゆがり　〃
もう人の見あきた花を安く買い　〃

第一句、いっときの涼しさと雨の激しさを暑中見舞いに例えて妙。第二句、息子に嫁が来るうれしさを自分の嫁入りのときの喜びに対比。「倍」という計量化がおかしい。第三句、他人ごとを自分のところに持ち込まれても困る。本人に確かめてくれとその場を逃げる気持はよく分かる。第四句、息子の恋の詰めの甘さに苛立つ親の気持ち。放っておくわけにもいかない。第五句、花の値段を言うのに「人の見飽きた」という形容はこれまで見かけない。表現のユーモアである。

25 川柳にユーモアが少なくなった理由

「川柳にユーモア句が少なくなった」という一般の方の話をよく聞く。また、ベテランの川柳人は「二、三十年ぐらい前にはもっと面白い句がたくさんあった」と述懐される。私もその説には反対ではない。理由を考えてみると次のようなことが挙げられる。

一、ユーモア川柳を好んで作る作家が少なくなった。

二、川柳結社の句会や誌上課題の選者が悲しみや怒りの句、あるいは詩的で抽象的な句を上位に採り、ユーモア句を上位に採る選者が少なくなった。

三、ユーモア川柳を好む人は、川柳結社で活動するよりも、個人で「サラリーマン川柳」などに投句したり、企業の公募する懸賞つきの川柳に投句して楽しみを見出す傾向があり、ユーモア句の持続性が薄れた。

四、不況の長期化で雇用が深刻化し、格差が増大して、世の中全般にユーモア川柳を楽しむゆとりがなくなった。

五、テレビのお笑い番組などがふえ、一過性の笑いに慣れた人々が、ゆったりと深みのあるユーモア川柳のよさを感じにくくなった。

要因はほかにもあろうが、こんなときこそユーモア川柳の価値を見直し、ユーモア句を大いに楽しまれたらよいのではないかと思う。

今回は、先にご紹介した古下俊作さんと競って、番傘のユーモア川柳の旗手を務められた奈良の田中南都さんの類題別六千句集からユーモア句をご紹介する。『田中南都川柳集』(昭和五十四年)は、扉に「恩師岸本水府先生のみ霊に捧げます」とあり、師への心酔ぶりが窺われる。

分類の参考までに、章立ては「人生・家庭」「食生活」「住」「衣」「教育・体育」「職業」「交通・

通信」「行楽・娯楽」「社交・慶弔」「心理・宗教」「政治・経済」「書籍・文学・演芸」「保健・医療」「動物・植物」「四季・天候」の十五編となっており、さらに類題別として、巻末には五十音順索引がつけられている。

生まれ出た力をお湯で握りしめ　南都
赤ちゃんの一番好きな素っ裸　〃
おむつ替えるとき喜びの足を上げ　〃
母の胸覗いて閉めて姉になり　〃
うるさいと自分で産んだ子を叱り　〃

「人生」編には、出生から少年、青年、夫婦、老人までの成長過程が楽しく描かれている。
ここでは説明も不要であろう。次は青年、恋愛編から。

体と口だけは一人前になり　南都
息子の青春警察から電話　〃
恋をした頃に覚えた花言葉　〃
唇で受ける幸せ目をつむり　〃

青年には未熟さが残る。その青さが青年の値打ちでもある。恋は心に篭りなかなか正直に言葉に出せない。恋以外は二の次となるが、その時期が人生を豊かにする。次の夫婦・男女編には楽しい句が多い。人生の結実期であるが。

さんづけのまま新婚の旅がすみ　南都
なんやお前かと夫婦の声になり　〃
嘘つけぬ夫に代わり嘘をつく　〃
字のうまい妻をもらって筆不精　〃
その昔惚れた夫を歯がゆがり　〃
どんな子ができるか無口同士なり　〃

他人同士が夫婦となり、だんだんと慣れていく様子が手に取るように詠まれている。世界にはどれ一つとして同じカップルがない。次は親心、父母兄弟。

遠足に行かない子にもにぎり飯　南都
親馬鹿の一つ子の名で貯金する　〃
雨ぽつりぽつりと親の言う通り　〃
父が居る日の雷は怖くなし　〃
あたたかいご飯のような母の顔　〃

知事が来るほど長生きをしてしまい

南都さんの句は当時の「番傘」を代表した。ひとことの説明がなくても誰にでも分かるのは、そこに真実があるからである。

26 ユーモア川柳作家・田中南都のテクニック

引き続き『田中南都川柳集』からユーモア作品をご紹介する。

伝統的によく言われている川柳の三要素としては、ユーモアの他に風刺と軽みがあるが、さらに二十世紀において現代川柳と呼称されるようになってからは、これに詩性、抒情、真実み、重み、時事性、抽象性などの多様な要素が加わっている。形も五七五の十七音だけでなく、七七の十四音が加わったり、あるいは不規則で、かつ二十音、三十音以上の短詩型で川柳的内容が詠まれるようになってきている。これらによって今や川柳は非常に幅の広い短詩文芸となってきている。

平成二十一年十一月一日、静岡県長泉町において、第二十四回国民文化祭文芸祭川柳大会が催され、手弁当で全国から六百人もの川柳人がこの町に足を運んだ。また、過去に全国大会が行われた地域からの若い人たちの投句も増えてきた。当世風に言えば、「川活《せんかつ》」とでも呼べようか、川柳に人生を賭けた先輩たちのこれまでの地道な活動が今にして実を結んできていることに、私は感謝の念を新たにした。

小・中学生の部の文部科学大臣賞作品は、

いつの日かゴミで車を走らすぞ　　萩市　秋本　達哉

「ゴミ」という極めて現実的な課題に、未来指向の視線を当ててくれた。

次の国民文化祭実行委員会会長賞の作品は、「自由吟」である。

真っ白なてのひら何を掴むかな　　長泉町　斉藤　愛美

高校生・一般の部で目立ったのは、高校一年生の入賞であった。

自慢する顔がだんだん若くなる　　長泉町　塚本　寄道

寄道君は母子で川柳を楽しんでいる。プレ大会でも入賞しており、十分な実力を備えている。句も面白いし、壇上で表彰を受ける姿が印象的であった。

さて、ユーモア句の紹介に移る。まずは飲食の句。

すうどんを血の海にした唐がらし　南都
握りめし一番後で指を食べ　〃
換気扇の汚れもうまい天ぷら屋　〃
ビフテキが来るまでつなぐピーナッツ　〃
うまいコーヒー飲ます店まで歩かされ　〃

第一句、すうどんには味付けが必要。それにしても食べ物に「血の海」とは恐れ入る。第二句、よく見る仕草だが、「指を舐め」でなく「食べ」としたのはオーバーながらおかしい。第三句も臨場感がある。天ぷらを揚げる煙にも旨さが感じられる。メイン・ディッシュのビフテキが来るまでビールで待っている情景がピーナッツから読み取れる。第五句も何という情景ではないが、改めて五七五で詠まれると納得する。

饅頭をほめるとお茶を替えてくれ　南都
チョコレートの色で包んだチョコレート　〃
知能指数が低うに見えるガムを噛み　〃
かまぼこが一番うまいコップ酒　〃
酒飲めば握手の好きな人になり　〃

第一句、まんじゅうとお茶は切り離せない。最後にもう一杯お茶が欲しくなる生理現象までリアルに詠んでいる。第二句、あのこげ茶色はチョコレートを想像させる。チョコレート以上に色の特徴を持っている菓子はないのではないか。第三句、日本にガムをもたらしたのは敗戦後の占領軍ではなかったか。以来ガムを噛む姿を上品と思ったことはない。第四句、気軽な酒とつまみの相性はこれが第一であろう。第五句、酩酊症状の一つに握手がある。誰とでも何度でも握手しないと納得できないのが酒である。

裸銭火のつきそうな酒を飲み　南都
うまかった箸と驚く請求書　〃
仏壇を買ってわが家に箔がつき　〃
雨の音自分の金で建てた家　〃
借金と言って恥じないマイホーム　〃

第一句、かつてはコインを裸銭と呼んだ。焼酎やウオッカをコップで注文するには、札よりもコインのほうが似合う。第二句、酒もつまみも請求書を見るまではうまかった。住居に移って第三句、仏壇は神棚とともに不急の家具である。でもそれが入ると、日本家屋は付加価値がグンと上がる。第四句、同じ雨の音でも持ち家には自信と苦労が滲んでいる。第五句、ローンでマイホームを建てるのはいまや常識。銀行ローンに恥じることはないが、家計には重い。

工事場を見たい心理へ板囲い　　南都
引越しに残るあわれなカレンダー　　〃
開け閉めに皆こつがある我が家の戸　　〃
畳替えきれいな夢が見られそう　　〃
あくびした時にボンボン時計鳴る　　〃

第一句、安全のための板囲いだが、中を覗けないのが難点。最近は節穴のない合板も増えた。第二句、新しい家に引っ越したら新しいカレンダーを掛けたい。古いカレンダーは置き去りにしたい。第三句、古い家の戸には歪みが来る。力任せに押しても動かないが、住人のちょっとしたコツで動くのも癪である。第四句、畳のある家は少なくなったが、新しい畳には何とも言えぬいい色と匂いがある。だが「女房と畳は新しいほうがいい」などと言ってはならない。第五句、欠伸も時計の鳴る音も偶然であろうが、のどかな時空を愛する。

27 人物の先にある物の描写

平成二十二年の正月はデフレの真っ只中、景気回復を願う善男善女でどこの寺社もさぞ賑わうことであろう。

金の世に金にはならぬこと目指す　乱魚

『北國新聞』の前年十一月の川柳欄軸吟に書いた句である。川柳は金にならぬことの代表みたいなものである。神や仏は金に無縁なようであるが、祈るほうはお賽銭をあげていろいろ無理なお願いをする一方、神仏としてはお賽銭は頂いても、そのために対価を提供するという義務は起きない。また、そのすれ違いについても、特に文句も言われないという結構な関係なのである。

今回は、そのうち仏に関する句を取り上げる。平成十九年に川柳発祥二五〇年の記念行事を推進された浅草っ子の大川幸太郎さんから、このほど『木の中のみほとけ』(平成二十一年、新葉館出版)というご著書を頂いた。幸太郎さんは仏を彫る仏師である。たくさんある作品の中から次の五句をご紹介する。柳祖は言うまでもなく柄井川柳である。

十歳で仏師ときめたままの職　幸太郎
目を刻む仏師一瞬息を止め　〃
定年後無心で仏彫る離れ　〃
我が祖先　柳祖と語ったかも知れず　〃
柳祖の碑守りつづけて五十年　〃

仏を彫る方の次には、仏に魅入られてあちこちの寺を拝んで回られた九州の安武九馬さん（故人）の仏の句を、句集『まほろ』（昭和五十九年、番傘川柳本社九州総局）からご紹介する。九馬さんは絵も巧みで、色紙に絵をよく描かれた。その数一万枚を越える。カラーの仏の絵を句からご想像頂きたい。

見るからに秘仏吉祥天の眉　九馬
絵馬の数ほどあらたかな地蔵尊　〃
夢殿にうす気味悪き微笑佛　〃
もろこしといへば仏に里こゝろ　〃
拝観料仁王がめつい顔で佇ち　〃

仏の句から一般の句に移ると、俄然、九馬さんのユーモア心が目を覚ます。ユーモア句の見つけ、視点を参考にして頂きたい。

大阪はあほなあほなと儲けてる　九馬
すれちがいざまこの人も万歩計　〃
先客の美女におよよと露天風呂　〃
スーパーで逢うた握手は絵にならず　〃
恵比寿さま一匹釣って御満足　〃

句は客観句が多いが、その目のつけどころが愉快である。人物の先にある「物」の描写にも思わず笑わされる。ＴＰＯを失した行為はおかしみを誘う。

つみとがも無い蒟蒻に針供養　九馬
ビール券たらい回しを気にしない　〃
初詣で句碑に一献ささげたし　〃
借金はすぐ返えすもの御返盃　〃
王朝のお裾さばきで熱帯魚　〃

言われてみればその通り、という真実味がおかしい。コンニャクと針供養、ビール券のたらい回し、初詣と句碑、借金と返盃、王朝の女官と熱帯魚。こうした取り合わせの意外性が、川柳に新鮮さをもたらす。

早起きが苦にならぬのも旅ごころ　九馬
御餞別替わり色紙に絵と詩と　〃
プラカードの下手さ加減を見て貰い　〃
気まぐれに弾いてるような津軽三味　〃
猫に鈴人間様に金バッジ　〃

よく見る情景を別な視点から描くということも、新たな真実を発見することになる。旅ごころ、餞別代わり、プラカードの字、津軽三味の激しさ、地位のある人の好む金バッジなどに込められた思いを引き出す視線が鋭い。

馬鹿騒ぎした首が浮く露天風呂　九馬
訥弁の弔辞にどっとくる嗚咽　〃
歓喜天は仏の中のアイドルで　〃
派閥解消云うは易しのよい見本　〃
スト中止余波をまともに貸しふとん　〃

時間をずらして観察すると、おかしみが湧いてくるという事柄も見逃しがたい。宴会の後の露天風呂、訥弁の弔辞と涙、歓喜天のアイドル性、派閥解消の難しさ、スト中止の商売への影響、などは物事をよく見ないと分からず終いとなる。

28 不況下のユーモア川柳

世に言われている「川柳ブーム」は、しばらく続くものと思われる。皮相な見方であるが、不況のときにはお金のかかることは、趣味でも何でも差し控えられるが、その点では、川柳はあまり金がかからず、いまの時代には弾力性の強い趣味と言える。

さらに言えば、人間を諷詠する川柳は、政治や社会、あるいは第三者に対する不満や批判を句の内容とすることができるので、他に持って行き場のない不満なども五七五で詠むことができるという特性がある。不満や批判を表に出すことはあまり品のいいことではないと思われがちだが、人の心にはきれい事では済まない面もある。つぶやくだけでストレスを解消できる愚痴の効用もないとは言えない。

ところで、趣味の分野では新しい人を仲間に誘うということも大事な関係ではないかと思う。川柳を楽しいと思ったら、その楽しみを他の人にもお裾わけするとよい。

投句や句会への出席によって、仲間（ときにはライバル）ができると、川柳の楽しみはさらに大きくなるであろう。

私は、川柳の仲間にも七、八年経験を積んだら、自分の作品を句集として発表することをお勧めしている。それは自分自身のよき足跡となり、また川柳の普及にも役立つからである。

今回は、比較的新しい仲間、長尾美和さんの句集『マリオネット』（平成二十一年、新葉館出版）からユーモア句をご紹介する。

本のあとがきには、昭和五十五年ごろ勧められて川柳の道に入ったとして、勧めてくれた人の名を挙げておられる。句集の出版は私がお勧めした。三十年間の膨大な作品は、ご主人がワープロ打ちしてくださったとのこと。一歩踏み出すと、新しい協力者も現れるということが分かる。ユーモア句に移る。

散ることを知って小さな花を買う　　美和

忘れたいことも手帳にメモしてる　　〃

欠点を見抜いてからの耳掃除　〃
気休めの言葉の裏を考える　〃
主婦業の手抜きへ爪も伸びてくる　〃

第一句は主婦の細かい経済観念。人は心の中に絶えず小さな迷いを持っている。「小さな花」には真実味がある。第二句、手帳は備忘録でもある。「忘れたいこと」なら記さなければいいのだが、あとで必要になるかも知れない。諺の「逆も真なり」の応用編である。第三句は耳掃除のＴＰＯ。あの行為はいつどこでやってもよいというものではない。自分がやや上位という微妙なタイミングがよい。第四句、「気休め」の言葉の真偽を確かめている。無条件に信じないところがおかしい。第五句、「手抜き」と「爪」は直接関係ないかも知れないが、自分自身の心中では、忸怩たるものがあるのであろう。

バーゲンを掘り起してるダイヤの手　美和
誘われたような顔してついてくる　〃
歯が抜けてから善人の顔になる　〃
二枚舌まさかに一枚とっておく　〃
貴婦人にさせる毛皮は放さない　〃

第一句、バーゲンは女性の本能を掻き立てるらしい。ダイヤを着けてせっかく金持ちに見せているのであるから、バーゲンに見向きもしないという姿が似合うのだが、バーゲンには条件反射してしまう。第二句、自分の意思でついて行くのははしたない、という気持ちがどこかにあるので、「誘われた」顔をする。一種の見栄がおかしい。第三句、予想しない事柄にはおかしみがある。前歯の抜けた顔には意外性がある。悪人ではなくて「善人の顔」になる。第四句、嘘を「二枚舌」と呼ぶことは定着している。予想もしないことが起こったときの嘘はときに許されるかも知れない。第五句、貴婦人に見せるための「毛皮」に釣り合う服やバッグも、本当は大事なのであるが。

賞状がないから敵もいなくなる　美和
聞き上手耳はいつでもきれいです　〃
一応はあれこれ詰める非常食　〃
親切に違った道を教えられ　〃
お願いもないけど神社頭下げ　〃

第一句、賞状で目立つのはほんの数人で、残りはみな羨望の眼である。なければ平等で敵もない。第二句は想像の句。逆にいえば、耳の汚れている人は、他人の話もよく聞いていないということになる。第三句、「一応は」に意味がある。おおかたは非常時が起こらないことを想定している。第四句、知らなければ「知らない」というほうが親切なのであるが、自分の体面を考えると間違いを教えてしまうことになる。第五句は信仰心なしに神社仏閣詣でをするとき。雰囲気に合わせて頭を下げることになる。

顔写真　嘘がつけないから嫌い　　美和
特売の卵も黄身が一つある　　〃
回り道したのに工事中とある　　〃
ジャンプ傘ポンと開いてホッとする　　〃
日だまりの猫からもらう生欠伸　　〃

第一句、自分をよく見て貰いたいというのは人情であるが、顔写真ではそれができない。第二句、特売の尺度は玉子の大小であるが、黄身の有無にすり替えたところがおかしい。第三句、裏をかかれて怒るところだが、被害が小さい場合にはそれもおかしい。第四句は、傘が開いて当たり前だが、操作の割に効果が大きいと「ホッと」するのも人情を言い当てている。第五句、欠伸に伝染性はないが、「日だまり」の心地よさに、いつしか酸素の吸入が少なくなるのかも知れない。猫も人も同じ環境なのであろう。

レシートが長く預金はいつもゼロ　美和
欲のない顔して蟻が寄ってくる　〃
ばったりと倒れテープに沸く拍手　〃
生き残るために解った顔をする　〃
ん、だけで会話も暮れる夫婦です　〃

第一句、買い物好きだとレシートは長くなる。当然預金はもたない。第二句、蟻は食べ物には貪欲である。でも働き者とは見られても欲張りとは見られない。第三句、ゴールで倒れると懸命に走ったと見られる。順位ではなく拍手の多さに着目している。第四句、世の中はそう納得できることばかりではない。でも時には「解った顔」をすることも処世術である。第五句はよく見る家庭の情景。理解が進んでいれば「ん」だけで足りることも間々ある。

29 夫婦で楽しむユーモア川柳②

川柳の仲間はいろいろであるが、中には親族が川柳を楽しんでいるのを見たり、あるいは親族から勧められて川柳を始める人もいる。親子、兄弟、夫婦が、ときに子弟となり、あるいはライバルとなって実力を発揮していくのを見かけ、微笑ましく思っている。

今回は、川上大輪、富湖さんご夫妻の合同句集『流れ星の詩』（平成十四年、新葉館出版）からユーモア句をご紹介する。ご夫妻は、故富湖さんの父、大矢十郎氏から川柳を学んだ。大輪氏のあとがきには、「本書は二人で歩んできた三十年余りの川柳人生の記録であり、また、富湖の人生は〈流れ星〉そのもの、今でも私の心の中で輝き続けている」と記されている。個人句集の出版を皆さんにお勧めしている私としては、本書のお二人のカラー写真を見るとき、なおさらその意を深くする。

作品を見ると、富湖さんの句は自由奔放でユーモア句も少なくない。一方、大輪さんの句には真面目な生活体験の描写が多い。まず、富湖作品から。

赤い糸結び直した跡がある　富湖
愛を貫こうと捩花のかたち　〃
足跡を消しておかねば朝が来る　〃
妹の歯が生え母の歯が抜ける　〃
一羽ずつ育つ障子に穴空けて　〃

第一句、男女を結びつける「赤い糸」、現実は一度ではうまく結べないのではないか。第二句、捩じれながら花をつけていく姿、「愛」とはそんなものかも知れない。第三句、大胆率直な感想。第四句、人の成長の様子はこんな形で対比することもできる。第五句、「障子に穴空け」は子の成長をリアルに見ている。

息苦しくないか土のない墓で　富湖
おふくろの味を作っている機械　〃
夥しい体臭のする古本屋　〃
神様の盃だろう蓮の花　〃
蟹ツアー降りてしばらく横歩き　〃

第一句、コンクリートの共同墓地を風刺。第二句、本来は手作りでなければならない。第三句、手から手に渡った古本には元所有者たちの手垢、体臭がしみている。第四句、お酒上がらぬ神はない。第五句、ジョークもここまで来ると責められない。

外見にこだわりがある霊柩車　富湖
兄弟が多くていいね胡蝶蘭　〃
形状記憶だろうか丸くなる尻尾　〃

五線紙で音楽となるシャボン玉　〃

去って行く人にも優し自動ドア　〃

第一句、あのくらい飾り立てないと、高い料金は頂けない。第二句、高価な胡蝶蘭の単価を弾いてみたい。第三句、理由はともかく長いままの尻尾は邪魔であろう。第四句、音符をシャボン玉に見立てた可愛いたとえ。第五句、入るときだけ開くようにしたら却って面倒であろう。

身辺はいつも身軽なカタツムリ　富湖

僧正の貌に似ている鬼瓦　〃

図書館の隅に落ちてる目の鱗　〃

中指に指輪移してさようなら　〃

白鳥の見てはならない水面下　〃

第一句、背負っているのは殻ひとつ。第二句、観察は細かいほうがよい。第三句、良書よりも悪書のほうが「目の鱗」は落ちる。第四句、物事は単純明快がよい。第五句、優雅な姿の下には不細工な足の動きがある。

彼岸花忘れたなどと言わせない　富湖

分骨や右と左に手を合わす　〃
末席で株式市況聞いている　〃
もう少し控え目がよい枇杷の種　〃
わたくしの急所が書いてあるカルテ　〃

第一句、仏のためではない。昼夜が同じ、日照時間で咲くことになっている花なのだ。第二句、分骨は人間の方便。片方だけ拝むというのも義理が悪い。第三句、興味のあるほうに耳を傾けるのは自然である。第四句、種に比べ果肉が小さいとは、誰でもが思う。第五句、最近のカルテは分かりやすく描く。きっと絵心のある医師なのであろう。

次いで、大輪作品から。

安心はできない夢を裏返す　大輪
綾取りの橋を渡って嫁に行く　〃
いい日だな机の上に何もない　〃
いい香りさせてる方がお婆さん　〃
生まれても死んでも時刻告げられる　〃

第一句、いい夢であればあるほど正夢にしたい。第二句、お婿さんは幼いころ綾取りをした子かも知れない。第三句、机の上に何もなければ、どれだけ気が休まるか知れない。第四句、何と言っても女性。死ぬまで化粧を惜しまない。第五句、生死を分刻みで告げるまでもないとは思うが。

嘘でいいいっぺん好きと言うてんか　大輪
円周率の尻尾まだまだ掴めない　〃
お花見だ霊園行きのバスに乗る　〃
戒名で郵便物は届かない　〃
顔は一つ公私混同しています　〃

第一句、みんな「好き」と言われることに飢えている。第二句、超高速コンピュータがいくら進歩しても決して割り切れないことになっている。第三句、お墓には花がつきもの。第四句、戒名に同じ姓をつけるようにすればよいのかも知れない。第五句、公私混同は悪と決めてかかることもない。

禁酒禁煙きっと落書きだと思う　大輪
金策に出たのに募金して帰る　〃
サミットは七時からです縄暖簾　〃

整然と倒れるように立つドミノ　〃
そんなばかな事がこの世にあるのです　〃

第一句、人の心は変わりやすい。第二句、馴れてしまったら、諫言も落書きも似たようなもの。第三句、時と場所がよい。しかも事柄としては真反対に。レベルなりに頂上会談。第四句、倒すために並べるものはそう多くない。第五句、ばかか利口は人によって異なるし、TPOがある。

眠ってた時間を引くとまだ二十歳　大輪
ヘソクリを挟む目次のないページ　〃
霊安室の静けさだけは本物だ　〃
本日限りの招待券をもて余す　〃
箸で食べるとタコ焼きが不味くなる　〃

右の五句はいずれも理屈が通っている。理屈も他人の言わないことはおかしい。時には屁理屈バンザイである。

30 ユーモア川柳は永遠に

川柳のユーモアは、歳月や地域を越えて理解されるものが少なくない。江戸中期から一六七篇にわたり刊行された『誹風柳多留』の作品も、風俗や社会背景が理解されるようなものは、いまでもよく引用される。例えば、初篇の有名な句を挙げてみると、

百両をほどけば人をしざ（退）らせる
（疑われないように用心）

本降りになって出て行く雨やどり
（人にありがちなタイミングの悪さ）

女房と相談をして義理をか（欠）き
（祝儀や香典を包むときの本音）

など、人間の「ほんとのほんと」がユーモラスに詠まれている。

今回は、大正末期から昭和五十年代にかけて大阪で活躍した作家、木下愛日の句集『愛日』

からユーモア作品を抜き出してご紹介する。

愛日は京都に生まれた。長じて大阪・南海の岸の里に移ったが、ここで昭和二十年六月にアメリカの空襲で罹災し、やむなく子ども三人とともに京都の深草に戻った。川柳は『番傘』横綴じの時代から同人となり、抒情的な作風で知られた。

この句集『愛日』は、森中恵美子さんが散逸した多くの作品から苦労をして取りまとめ、初版を昭和四十七年に刊行した。その後、昭和五十二年、愛日喜寿の年に作品を追補して再版を試みたものである。

この年になるまでという腹を立て　愛日
折鶴のあたまのように葱《ねぎ》は折れ　〃
小説がつくれるほどに落ちぶれる　〃
飯のようなものを食うなと誘われる　〃
告知板つれない人の走り書き　〃

第一句、分別を得そうな年を忘れて。第二句、立ったままネギほど鋭角に折れるものも少ない。第三句、浮き沈みが激しいほど小説は読ませる。第四句、飯の前に酒が肝心。第五句、つれないのは待たせたほうか、走り書きの文字には恨みが読み取れる。

逆さまに覗いて返す遠眼鏡　愛日
約束に遅れた方が傘を提げ　〃
しばらくはうどんを啜る音ばかり　〃
母と子に巻鮓の端二つある　〃
妻に聞けばいつも来る雀この雀　〃

第一句、催促をされて最後の最後に返す望遠鏡は、逆さまに見たくなる。第二句、待たされる方は傘を差して待つ。第三句、話よりさめないうちに食べる方が先。第四句、盛りつけをすると、巻き鮓《ずし》の端はいかにも半端で、身内の母と子が摘むのが似合っている。第五句、どこか馴れ馴れしいところのある雀である。

さかさまにのせた机に縄をかけ　愛日
素麺に桜ン坊のはづかしさ　〃
金のある人はだまってものを買う　〃
人はみな若き日をもつ角砂糖　〃
子は寝たかまだと子がいう襖越し　〃

第一句、引越し風景。さかさまの机が危な気ない。第二句、素麺の白とサクランボのピンクが色鮮やかである。恥ずかしいという感覚が鋭い。第三句、金のある人の特性を言い当てている。余計なことを言えば余計に金を出さねばならないことを、持てるものはよく承知している。第四句、白い正六面体の角砂糖に青春をイメージするところが並みでない。ここからはみ出したところに若さの真価があるのだが。第五句、よくある家庭風景が楽しい。まだいいことがありそうだと、子は寝られないものである。

眼ざめみれば依然天下の人ならず　愛日
子の目より少うし高く卵割る　〃
かりそめのいのちを金魚ひるがえり　〃

終戦

今日からは四等国の灯をもらす　〃
酒をやめた人に出会えば夫婦づれ　〃

第一句、大上段に振りかぶったところがおかしい。自分では百も承知のこと。第二句、観察眼の細かさに恐れ入る。子の目線と卵を割る位置をここまで生き生きと描くことは難しい。第三句、水中での金魚反転を「かりそめのいのち」と形容するのは詩人の目であろう。第四句、終戦の日の感慨に「四等国」ほどぴったりの言葉はほかに見あたらない。たとえ灯火管制が解除されたとしても。第五句、所帯を持つことの意味には家計の維持がある。

古妻にさっと夕刊奪われる　愛　日
パンが焼けてぽんと飛び出す共稼ぎ　〃
網棚へ負けてくやしきスポーツ紙　〃
いつまでも借家の二字を丸で囲む　〃
再会の妙なところでというところ　〃

第一句、何と言うこともない日常であるが、妻にも世の出来ごとで一、二知りたい記事がなくもない。「奪う」が大げさでおかしい。第二句、共稼ぎの風景の一瞬を切り取れば、こんなこともある。第三句、勝敗の結末をスポーツ紙でなぞる。負けた悔しさは持ち帰る気にもならないから網棚へ。第四句、アンケートの回答。「いつまでも借家」は心に引っかかるものがある。第五句、たがいに「妙なところ」だからこそ「再会」できたのだが、原因と結果を置き換えるとおかしい。

アルバイト紙のごときに指を切る　愛　日
うなづいたのが人情のひとかけら　〃
金を貸して友を失なう日を数え　〃

大学の子を持つ父が拝む箸　〃

いつになれば前歯を入れる人ならむ　〃

第一句、紙のようなちゃちなものでも扱う手順が悪いと手を切る。未熟なアルバイトとの比較。第二句、うなずくのは「人情」の証し。ただし、ひとかけらは刻んだものである。第三句、善意だけではうまくいかないのも人の世。冷静に立ち帰れた作者に敬意を表する。第四句、身についた小さな習慣と大学の子との対比がおかしい。第五句、前歯が欠けると人相まで変わるが、噛むにはあまり差し支えないので、ついつい後回しとなりかねない。

万物の霊長にしてひと目惚れ　愛日

もの言えば男のようなコンパクト　〃

そのうちにまたと他人の顔になり　〃

食べもののうらみ四百字詰を超ゆ　〃

女子寮の窓みな消えて猫の恋　〃

第一句、よく見て判断する能力を備えている人間のはずが、軽挙盲動は目に余る。第二句、コンパクトを見ながら背後の男に向かってものをいうと、つい雑になる。第三句、今日という区切りがつき、次はいつともどこでとも決まっていない。いったんは「他人の顔」になるところが言えている。第四句、食べ物への思い入れを書き始めると、つい文字数の制限を超えてしまう。第五句、恋は忍ぶところがよい。猫にまで感情移入させているところがおかしい。

本書は川柳総合雑誌「川柳マガジン」二〇〇七年十一月号から二〇一〇年四月号まで連載された今川乱魚氏執筆の「ユーモア川柳を楽しむ」を再編集し、書籍化したものである。

【著者略歴】

今川乱魚(いまがわ・らんぎょ)

1935年東京生まれ。本名充。早大法卒。

大阪で川柳を始める。999番傘川柳会会長。東葛川柳会最高顧問。東京みなと番傘川柳会元会長、番傘川柳本社幹事。(社)全日本川柳協会会長。日本文藝家協会会員。日本川柳ペンクラブ常任理事。川柳人協会顧問。北國新聞、リハビリテーション川柳欄、川柳マガジン「笑いのある川柳」ほか選者多数。

第3回日本現代詩歌文学館館長賞、第9回川柳・大雄賞、第40回川柳文化賞受賞。

著書に『乱魚川柳句文集』、『ユーモア川柳乱魚句集』、『癌と闘う―ユーモア川柳乱魚句集』、『銭の音―ユーモア川柳乱魚選集』、『妻よ―ユーモア川柳乱魚句文集』、『癌を睨んで―ユーモア川柳乱魚ブログ―西へ東へ会長の630日』、『川柳作家全集　今川乱魚』、『ユーモア川柳乱魚ブログⅡ』『ユーモアは世界を変える―英訳・今川乱魚のユーモア川柳』。

編著・監修に、『川柳贈る言葉』、『川柳ほほ笑み返し』、『科学大好き―ユーモア川柳乱魚選集』科学編・技術編・生活編、『三分間で詠んだ―ユーモア川柳乱魚選集』、『李琢玉川柳句集　酔牛』、『岸本水府の川柳と詩想』、『心にズキン！ ヨン様川柳』、『ユーモア川柳傑作大事典』、『ハングル訳　暮らしのユーモア川柳』。

2010年4月15日、逝去。

2009年4月5日、茨城県土浦市「霞ヶ浦総合公園」に乱魚句碑「いい貧乏させて貰った父と母」が建立され、除幕式が行われた。句碑右横が著者。

ユーモア川柳の作り方と楽しみ方

○

2012年4月23日　初版発行

著　者

今　川　乱　魚

発行人

松　岡　恭　子

発行所

新　葉　館　出　版

大阪市東成区玉津1丁目9-16 4F 〒537-0023
TEL06-4259-3777 FAX06-4259-3888
http://shinyokan.ne.jp/

印刷所

BAKU WORKS

○

定価はカバーに表示してあります。

ISBN978-4-86044-457-0